Barbara Rose

Das Bücherschloss
Ein verhängnisvoller Pakt

Bisher erschienen:

Band 1: Das Geheimnis der magischen Bibliothek
Band 2: Der verzauberte Schlüssel
Band 3: Eine uralte Prophezeiung
Band 4: Ein verhängnisvoller Pakt

Barbara Rose

Das Bücherschloss

Ein verhängnisvoller Pakt

Band 4

Mit Illustrationen von Annabelle von Sperber

Loewe

Barbara Rose ist Kinder- und Jugendbuchautorin und Journalistin. Über zehn Jahre lang hat sie sich Geschichten fürs Fernsehen ausgedacht und Sendungen für Kinder und Jugendliche im Radio moderiert. Inzwischen arbeitet sie als freie Autorin und kann das tun, was ihr am meisten Spaß macht: Bücher schreiben und daraus vorlesen. Sie wohnt mit ihrem Mann und ihren vier Kindern in der Nähe von Stuttgart. Mehr zur Autorin unter: www.barbara-rose.info

Annabelle von Sperber, Jahrgang 1973, ist Diplom-Designerin und studierte Buchkunst in Hamburg. Ihre Bilder zeichnen sich durch warme Farben, leidenschaftliche Figuren, einen feinen Humor, Lebensfreude und der Liebe zum Detail aus. International machte sie sich mit ihren Kunst- und Architektur-Wimmelbüchern einen Namen. Außerdem lehrt sie an der *Akademie für Illustration und Design Berlin* und an der *Akademie Faber Castell*. Annabelle von Sperber lebt in Berlin und im Schwarzwald.

FSC
www.fsc.org
MIX
Papier aus verantwortungsvollen Quellen
FSC® C018236

Klimaneutral
Druckprodukt
ClimatePartner.com/18521-2202-1001

ISBN 978-3-7432-1461-3
1. Auflage 2022

Umschlag- und Innenillustrationen: Annabelle von Sperber
Umschlag- und Reihengestaltung: Ramona Karl
Printed in the EU

www.loewe-verlag.de

Inhalt

Im Verborgenen …

Verehrte Pomeranza“, säuselte Genoveva, „darf ich dir zum Frühstück noch ein Tässchen Rosenduft reichen? Ich habe ihn zu Tagesanbruch erhascht und für unser kleines Treffen gerade frisch zubereitet!“

„Wie reizend, liebe Genoveva. Ich bin froh, dass ihr mich hier, in der geheimen Bibliothek, endlich mit meinem Namen Pomeranza und nicht mit Frau Königin ansprecht. Das gestatte ich nur guten Freunden.“ Die Königin nickte anmutig mit dem Kopf. „Vor lauter Geschichtenhören und Bücherblättern vergesse ich wahrlich, mich zu stärken. So lustig und unterhaltsam wie die Tage hier waren meine ganzen letzten Jahre in der magischen Welt nicht!“

„Ach, ich bitte dich, Verehrteste!“ Genoveva balancierte eine zarte Porzellantasse durch den Raum, aus der feine Schwaden waberten. „Hier, bitte sehr, dein Tee.“ Sie reichte Pomeranza den Tee. „Vielleicht noch ein Wolkentörtchen dazu?“

„Ihr verwöhnt mich wirklich. Sehr gern koste ich auch vom Gebäck“, antwortete die Königin. „Ich kann nur immer wieder betonen, wie wohl ich mich auf Schloss Rosenbolt und besonders in dieser Bibliothek fühle.“

Sie sah sich um, betrachtete die langen Bücherregale, die Vitrinen, in denen wunderbare Bilderbücher vor sich hin schlummerten, die kleinen Figuren aus zahlreichen Geschichten, die auf den Borden standen. Es waren jene Figuren, die zu den Geschichten passten: eine Schneeeule, die leise heulen konnte, einige Fabelwesen aus Finnland mit lustigen grünen Hüten oder knallroten Haaren, eine Meerjungfrau, die ihren Fischschwanz über das Regal baumeln ließ, und viele mehr.

Genoveva war ihrem Blick gefolgt. „Die Bücher, die Mädchen und Jungen in ihrer Kindheit lesen, prägen sie auf eine fast magische Weise. Durchs Lesen können sie ihre eigene Persönlichkeit finden, sie können Freude und Leid erleben und sich dadurch entwickeln und im Leben wachsen."

„In der Tat, gute Geschichten bieten so viel." Königin Pomeranza machte eine einladende Handbewegung. „Und dennoch habe ich beinahe keine Lust mehr, aus dieser herrlichen Umgebung nach Hause zurückzukehren, um unsere magische Welt zu regieren."

„O nein", schepperte Ferdinand. „Das darfst du nöcht sagen, Hoheit, noch nöcht einmal denken! Dö magöschen Wesen brauchen döch!"

Ferdinand verbeugte sich huldvoll vor der Königin. Leider ein wenig zu huldvoll, denn im gleichen Moment ...

Schepper, rumpel!

„Ferdinand“, maunzte Pepper. Der schwarze Kater sauste hinter einem Bücherregal hervor, sein Schwanz war steil in die Höhe gerichtet, seine Tasthaare zitterten. „Bei der fetten Ratte! Es darf doch nicht wahr sein, dass du schon wieder deinen Kopf verloren hast! Wenn er auf unsere Königin gefallen wäre … nicht auszudenken!“

Hastig fischte Ferdinand den Helm vom Boden und presste ihn wieder auf seine Rüstung. „Mach döch locker, Pepper. Alles wöder gut. Sötzt, hat Luft und wackelt nöcht.“

Die Königin seufzte. „Ihr Lieben, wir haben uns in den Plauderrunden der vergangenen Tage so viel erzählt und uns kennengelernt. Eure Gesellschaft und die von Becky, Hugo, Ben und ihren Tieren hat mir außerordentlich gut gefallen.“ Sie nippte vorsichtig am Rosenduft. „Ihr habt meine Geschichte gehört, die die reizende Becky zu Papier gebracht hat.“ Sie räusperte sich. „Von euch habe ich erfahren, dass du, liebste Glimmeria, gerade als Lehrerin in einer Feenschule tätig warst, als Beckys Mama Olivia dich aus dem *Buch der Bücher* gelesen hat.“

Die Fee Glimmeria raffte ihr zartrosa Kleid und verneigte sich vor der Königin. „So war es, Pomeranza.“

„Und ihr drei Buxies“, die Königin deutete auf Lady Rose, Lady Botterblom und Lady Greenie, „ihr habt als Landschaftsgärtnerinnen im Schloss meines Vaters gearbeitet. Erstaunlich, dass wir uns vorher nie begegnet sind. Sehr schade!“

Die drei Buxies lachten verlegen.

„Von dir, meine liebe Genoveva, weiß ich inzwischen, dass Olivia dich aus einer Geschichte mit einem äußerst begabten Maler herausgelesen hat.“ Die Königin überlegte. „Ich sollte ihn kennenlernen, damit er auch ein hübsches Porträt von mir anfertigen kann.“

„Unbedingt“, stimmte Genoveva zu. „In der Bücherwelt ist nichts unmöglich.“

„Und mein guter Pepper“, Pomeranza streichelte den Kater sanft, „du warst früher einmal das Haustier eines Gelehrten. Deshalb bist du so schlau! Beckys Mama hat dich aus einer spannenden mittelalterlichen Geschichte herausgelesen.“

„Miauuuu, in der Tat“, brummte Pepper.

„Ist die Bücherwelt nicht herrlich? So viele unterschiedliche Geschichten, die allesamt hier in der magischen Bibliothek vereint und zu finden sind. Ein Schatz an Unterhaltung, an Träumerei und Spannung. Und jetzt ist auch meine Geschichte hinzugekommen, wofür ich sehr dankbar bin.“ Die Königin klatschte begeistert in die Hände. „Nun fehlt nur noch die Geschichte von Ferdinand von Schwertfeger. Die möchte ich vor meiner Abreise unbedingt noch hören.“ Sie überlegte. „Wenn die Kinder wach sind, kommen sie sicher bald, um sich von mir zu verabschieden. Aber so lange darfst du mich mit deiner Geschichte nicht warten lassen, lieber Blechritter.“

Ferdinand salutierte und wollte gerade eine tiefe Verbeugung machen, als ihn ein Knurren von Pepper aufhielt.

„Speckige Spitzmaus, lass das bloß bleiben! Nicht verbeugen, sonst ...“

Ferdinand hielt im allerletzten Moment, kurz bevor sich sein Kopf wieder selbstständig machen konnte, inne.

„Sehr wohl, löbe Freunde. Meine Geschöchte öst ein

bösschen peinlich." Er räusperte sich kräftig. „Olivia, Beckys Mama, hat möch ön einem ... nun, sagen wör mal ... etwas unangenehmen Moment aus meiner Geschöchte gelesen. Öch war damals dö Rötterrüstung des Ritters Hinz von Pupshausen und ..."

Die Königin kicherte und hob die Hand. „Entschuldige bitte, wenn ich dich kurz unterbreche, Ferdinand. Der Name ist einfach zu köstlich. Und es erstaunt mich immer wieder, dass du Eigennamen völlig fehlerfrei aussprechen kannst. Höchst erstaunlich! Aber bitte fahre fort."

Ferdinand nickte leicht. „Nun, Ritter Hinz von Pupshausen hatte gelegentlöch Probleme möt seiner Verdauung ... wenn öhr wösst, was öch meine ... Döse Probleme zeigten söch besonders dann, wenn Ritter Hinz von Pupshausen ..."

Nun kicherten auch Genoveva, Glimmeria und die Buxies.

„Wör waren also gerade beim Ankleiden für einen wöchtögen Kampf, als Ritter Hinz einen schrecklöchen Pupsanfall bekam. Zum drötten Mal an dösem Tag schlüpfte er wöder aus mör, seiner Rüstung, heraus, um das stölle Örtchen aufzusuchen. Nur möt seinem Leibchen und einer langen Unterhose bekleidet. Öch wartete also dort, ohne rötterlöchen Önhalt, als Olivia mich dann herauslas."

„Und Ritter Hinz von Pupshausen stand nun ganz allein da, ohne Rüstung, in Unterwäsche." Genoveva wischte sich Lachtränen aus dem Gesicht. „Bestimmt musste er danach so viel pupsen, dass er sowieso keinen Kampf mehr führen konnte."

„Was für eine herrliche Geschichte. Bei Gelegenheit muss ich mir das Buch unbedingt ausborgen", meinte Königin Pomeranza. „Doch jetzt ist es wirklich Zeit aufzubrechen."

„Einen Moment noch", warf Glimmeria ein. „Ich würde gern meine Kristallkugel für dich aufleuchten lassen, liebe Pomeranza. Du weißt ja, dass ich damit nicht nur durch Zeit und Raum blicken, sondern auch Wünsche erfüllen kann. Zum Dank für deinen Besuch möchte ich dir einen Herzenswunsch erfüllen."

Gespannt scharten sich alle magischen Wesen in der Bibliothek um Glimmeria. Die Fee nahm die Kugel aus der

Vitrine, in der diese die letzten Tage auf Samt gebettet gelegen hatte, und gab die Wärme ihrer Hände an das kühle Kristall weiter. Sofort glühten winzige Punkte in dem zuvor glasklaren Kristall auf. Orangerote Fäden schimmerten im Glas, verschwanden wieder und fügten sich langsam zu einem Bild zusammen. Dem Bild von Mo, dem Jungen mit dem Kopfschmuck und dem fliegenden Teppich, den Becky, Hugo und Ben bei ihrem letzten Besuch in der magischen Welt kennengelernt hatten. Er lag gefesselt auf einem Teppich. Daneben wuselten Dutzende Kobolde, Zwerge und Elfen um ein großes Feuer in einer Höhle herum. Mit weit aufgerissenen Augen starrte Mo ins Leere und murmelte leise vor sich hin.

„Hilfe! Bitte helft mir doch! Das Schicksal unserer Königin steht auf dem Spiel. Hiiiiiilfe!!!"

1. Kapitel

Feuer und Gefahr

Becky? Aufwachen! Schnell, sofort!“

Keine Reaktion.

„Hallo-ho! Es ist etwas passiert. Beeecky!“

Herr Nase schwebte über Beckys Gesicht und versuchte, das Mädchen aus dem Land der Träume zu holen. Vergebens!

„Lass mich mal“, knurrte Igor, der kleine Feuerdrache.

Genau wie Herr Nase war auch er eigentlich eine leblose Steinfigur, die neben Beckys Himmelbett an der Wand hing. Doch wenn Pepper, der schwarze Kater und Chef der magischen Wesen, die beiden Kerlchen brauchte, wurden sie auf geheimnisvolle Weise lebendig.

Und das war genau jetzt der Fall.

„Becky Librum, du Schlafmütze. Schnell, aufwachen!", quiekte Igor. „Gefahr droht!"

Becky blinzelte einmal, zuckte mit den Lidern ... und schlief seelenruhig weiter.

„Soll ich es mit Feuerspucken versuchen?", schlug Igor vor. „Untersteh dich!", zeterte Lotti, Beckys Streifenhörnchen. Als sie die beiden magischen Wesen so über ihrer Freundin schweben sah, bekam Lotti es mit der Angst zu tun. Igor schaffte es beim Feuerspeien nämlich immer, genau das anzufackeln, was auf keinen Fall brennen sollte: Gardinen, Papierkörbe oder wichtige Unterlagen von Professor Librum, Beckys Vater.

„Ich werde Becky selbst aufwecken. Auf meine sanfte Art", beschloss Lotti.

Von ihrem Schlafplatz auf dem Sessel hüpfte das Streifenhörnchen auf Beckys Bauch, drehte ihr den Rücken zu und wuschelte einmal sanft mit ihrem puscheligen Schwanz durch Beckys Gesicht. Sofort schlug das Mädchen die Augen auf und lächelte.

„Guten Morgen, Lotti." Becky gähnte und fügte mit einem verschlafenen Blick auf Herrn Nase und Igor hinzu: „Morgen, ihr zwei, was wollt ihr denn so früh?"

„Pepper schickt uns", erklärte Herr Nase. „Königin Pomeranza hatte eigentlich vor, heute in die magische Welt zurückzukehren."

„Aber doch erst gegen Mittag", murmelte Becky.

„Nix da. Es ist etwas passiert! Was Schliiiiiimmes!" Igor stieß eine kleine Feuerzunge aus. „Du sollst augenblicklich mit Hugo in die magische Bibliothek kommen. Die Königin verlangt nach euch!"

Becky war schlagartig hellwach. Nicht nur wegen der dringlichen Bitte der beiden Steinfiguren, sondern auch aus Sorge um den Vorhang an ihrem Himmelbett.

„Igor“, schimpfte sie, „ich habe dir verboten, in meinem Zimmer Feuer zu spucken. Erinnerst du dich?“

„Vielleicht. Ein bisschen. Aber nur ganz dunkel“, murmelte der kleine Feuerdrache. „Aber es musste sein, es ist ein Notfall.“

„Ein Notfall?“ Becky hüpfte aus dem Bett. „Wieso sagt ihr das nicht gleich? Los, ich ziehe mich schnell an und ihr holt Hugo. Wir treffen uns in der Eingangshalle. Und passt auf, dass euch die Erwachsenen nicht bemerken.“

Herr Nase und Igor sausten davon.

„Schimmelige Walnuss“, schimpfte Lotti. „Ein Benehmen haben diese Kerle! Kokeln fast dein Bett ab, Becky. Dann muss es wirklich brandeilig sein.“

Becky lief ins Bad, machte Katzenwäsche und schlüpfte dann in ihre Hose und den Kapuzenpulli.

„Fertig! Hüpf in meine Pullovertasche, Lotti“, forderte sie das Streifenhörnchen auf.

Eilig krabbelte Lotti an Beckys Hosenbein empor und verkroch sich in der Bauchtasche.

Becky verließ das Zimmer.

„Warum sind Herr Nase und Igor nur so aufgeregt?“,

fragte Hugo, Beckys bester Freund, atemlos, als sie in der großen Eingangshalle von Schloss Rosenbolt aufeinandertrafen. „Was ist passiert?“

Watson, Hugos Hund, bellte. „Wahuuu! Guten Morgen in die Runde. Hatte noch nicht mal Zeit, meinen Knochen zu futtern. Das müssen überaus schlechte Nachrichten sein, sonst werde ich zum Wadenbeißer!“

„Ein Glück, dass meine Mum und dein Vater schon in der Uni sind. Sie haben einen Zettel geschrieben und ihn in die Küche gelegt“, sagte Hugo. „Vor lauter Aufregung hat Igor in meinem Zimmer nämlich gleich mal eine Wolldecke angefackelt. Er wollte mich sanft wach pusten, meinte er. Dabei sind ihm leider ein paar Flammen entwischt, ich musste einen ganzen Eimer Wasser über den Brand kippen. Und jetzt ist alles klitschnass.“

Becky lachte leise. „Igor lernt es nie.“

„Hast du eine Idee, was Sache ist?“, fragte Hugo.

„Keine Ahnung“, gab Becky zurück. „Welche Treppe nehmen wir?“

„Du bist dran mit Auswählen.“

Becky überlegte. Von einer großen Steintreppe aus

führten kleinere Treppen in alle Richtungen. Jede erdenkliche Art von Treppen. Eine Strickleiter, die aus einem Loch in der Decke baumelte, schmale Holztreppen, schneckenförmig gewundene Metalltreppen, die sich steil nach oben schraubten, und viele weitere. Sie alle sahen nicht nur ziemlich baufällig aus, sondern führten auch nicht bis in die oberen Stockwerke. Sie endeten weit vorher.

Allerdings wusste Becky längst, dass sich die Treppen bewegen, verändern, ausweiten oder in die Höhe schrauben konnten. Allerdings nur für Kinder wie sie. Kinder, die in die magische Bibliothek kommen und dort lesen sollten.

„Becky?“ Hugo tippte mit der Fußspitze ungeduldig auf den Holzboden. „Welche Treppe sollen wir nehmen?“

Bevor Becky eine Entscheidung treffen konnte, flatterten winzige Wesen durchs Treppenhaus, wirbelten um die Kinder herum, flogen Loopings und drehten Kreise. Es waren die kleinen Feen und Drachen, die Becky und Hugo schon einige Male gesehen hatten, wenn sie zur magischen Bibliothek aufbrachen. Sie stammten aus den Büchern, die dort verwahrt wurden. Normalerweise waren die Wesen stumm, aber heute wisperten sie:

„Keine Zeit für Überlegungen!"

„Beeilt euch!"

„Nehmt die Bogentreppe aus Holz."

„Die hölzerne Treppe ist am schnellsten."

Hugo nahm Watson auf den Arm, zuckte mit den Schultern und stellte sich auf die fünfte Stufe der Bogentreppe. Becky setzte Lotti zärtlich tief in ihre Pullovertasche und positionierte sich auf der zweiten Stufe.

Kaum hatten die Kinder ihren Platz eingenommen, wand sich der obere Teil der Treppe wie ein Lasso um eine imaginäre Säule. Dann schlängelte sich die Treppe in Windeseile nach oben, als würde sie von unten mit Raketenantrieb beschleunigt.

Wusch! Wusch! Wusch!

Zeitgleich hallten dunkle und helle, hohe und tiefe, schallende, brummige und glockenhelle Stimmen von den Wänden wider.

„Becky! Becky! Beeil dich, Becky, die Zeit verrinnt!"

Die Stimmen hallten durch das Treppenhaus, strudelten nach oben, überschlugen sich und verebbten genau in dem Moment, in dem die Treppe am Obergeschoss andockte.

„Wir sind da", sagte Hugo und stieß die Tür auf.

Sofort huschten Watson und Lotti davon, den Gang entlang, bis vor die Flügeltüren der magischen Bibliothek. Dort blieben sie stehen, die Nasen witternd in die Luft gehoben.

„Wahuuu, es riecht nach Abenteuer", bellte Watson.

„Ich kann Mandelduft und süße Blüten erschnuppern", fiepte Lotti.

Tatsächlich krochen feine Duftschwaden unter dem Türspalt der Bibliothek hervor und waberten wie kleine Gespenster durch den Gang.

Becky strahlte. „Schmeckt ihr auch den salzigen Geruch des Meeres?"

„Und den Duft frisch gemähter Sommerwiesen?", ergänzte Hugo.

„Los, rein in die gute Stube", bellte Watson und stieß die Tür mit seinem Kopf auf.

Becky, Hugo und Lotti folgten, so schnell sie konnten.

In der Bibliothek wurden sie bereits erwartet.

„Na endlöch!“ Ferdinand packte eine Hand von Becky, eine von Hugo und zog sie in die Welt der Bücher.

„Wie gut, dass ihr da seid.“ Genoveva tupfte sich mit einem zarten Spitzentaschentuch den Schweiß von der Stirn.

„Wird auch höchste Zeit“, maunzte Pepper.

Glimmeria und die drei Buxies lächelten den Kindern freundlich zu.

„Wir sind dem Wunsch von Königin Pomeranza gefolgt“, erklärte Hugo. „Sind wir zu spät zur Verabschiedung?“

Die Königin machte eine wegwerfende Handbewegung. „Es geht gar nicht um mich, mein Abschied muss warten. Es gibt ein Problem.“

Sie deutete auf Glimmerias Kristallkugel, die noch immer hell erleuchtet auf dem Sofa in der Bibliothek lag.

„Seht es euch an“, hauchte die Fee.

Behutsam näherten sich Becky und Hugo der Kristallkugel. Watson hätte sich am liebsten vorgedrängelt, aber das verhinderte Lotti, indem sie sich dem Hund in den Weg stellte.

„Schimmelige Walnuss, mach dich vom Acker, Knochenknacker“, quiekte Lotti.

„Nerv nicht, Staubwedel“, gab Watson entrüstet zurück.

Ein Gerangel ging zwischen den Haustieren los, bis Becky beide am Fell packte.

„Sagt mal, spinnt ihr? Hier geht es um eine wichtige Angelegenheit und ihr habt nichts Besseres im Kopf, als euch zu streiten? Hört sofort auf damit!“

Mit eingezogenen Köpfen blieben die beiden vor dem Sofa sitzen, sodass Becky und Hugo endlich in die Kristallkugel schauen konnten. Was sie dort erblickten, erschütterte sie zutiefst!

„Das ist ja ... Mo“, flüsterte Hugo.

Becky nickte. „Er ist gefesselt. Irgendjemand hält ihn gefangen!“

Königin Pomeranza seufzte. „Allerdings! Während ihr noch geschlafen habt, hat Herr Nase schon Kontakt zu Mo aufgenommen.“

„Öhr wösst doch, dass söch Herr Nase durch Zeit und Raum verständögen kann“, fügte Ferdinand hinzu.

Pepper miaute gereizt. „Beim dicken Katzenhai, Ferdinand, selbstverständlich wissen die Kinder das.“

„Natürlich“, wiederholte Herr Nase und vollführte einen tollkühnen Looping über der Kristallkugel.

„Vorsicht, Herr Nase“, rief Glimmeria. „Bitte keine Bruchlandung auf meiner Kugel!“

„Ruhe!“ Genoveva stampfte ungeduldig mit ihrem zarten Pantöffelchen auf den Holzboden. „Jetzt lasst doch die Königin erzählen.“

„In der magischen Welt hat es in meiner Abwesenheit einen Aufstand gegeben“, sagte Pomeranza empört. „Angeführt von meinem Cousin. Prinz Alvar aus dem Nordland.“

Becky und Hugo starrten die Königin an.

„Wer ist Prinz Alvar? Und wo ist das Nordland?“, wollte Becky wissen.

Die Königin seufzte. „Prinz Alvar ist der Sohn meiner

Tante Azalea. Und die wiederum war die Schwester meines Vaters. Die beiden haben sich irgendwann zerstritten, deshalb habe ich meinen Cousin nie kennengelernt. Mal abgesehen davon, dass es im Nordland wirklich viele finstere Gestalten, dunkle Moore und feuerspuckende Drachen gibt."

„Feuerspuckende Drachen?" Igor jubelte. „Dort möchte ich mal hin. Wettkämpfe im Feuerspucken austragen. Ferien machen."

Königin Pomeranza hob die Brauen. „Das Nordland eignet sich leider nicht für eine Urlaubsreise. Ich bin froh, dass meine Soldaten dort ab und zu nach dem Rechten sehen."

„Aber das hat nöchts genützt, wenn öch mör dö Bemerkung erlauben darf", schepperte Ferdinand.

„Was soll das heißen?", fragte die Königin empört.

„Ferdinand möchte sagen, dass sich Prinz Alvar wohl nicht so ganz an deine Befehle gehalten hat", beschwichtigte Becky.

„Genau, er hat sich hörnchenfies selbst zum Herrscher ernannt, die alte Hohlnuss", schimpfte Lotti.

„Dann ... kannst du also gar nicht so einfach in die magische Welt zurückkehren, verehrte Königin Pomeranza?", fragte Hugo.

Pomeranza schüttelte traurig den Kopf. „Es kommt noch schlimmer, mein lieber Hugo. Prinz Alvar hat einen Pakt mit etlichen magischen Wesen geschlossen. Mit meinen Untertanen!" Tränen hatten sich in ihren Augenwinkeln gebildet. „Sie haben sich gegen ihre Königin verbündet!"

Becky reichte ihr ein Taschentuch. „Aber ... ich verstehe immer noch nicht ganz ... was hat Mo damit zu tun? Und wer hat einen Pakt geschlossen, Pomeranza?"

„Gemeinsam mit vielen Elfen, dem Rumpelstilzchen, Zwergen und hinterlistigen Kobolden will mein Cousin Prinz Alvar die Macht in der magischen Welt übernehmen und sich selbst zum König ausrufen lassen. Dieser Schurke nutzt es schamlos aus, dass ich mich derzeit hier auf Schloss Rosenbolt aufhalte." Die Königin schniefte laut. „Mo soll ihm dabei helfen, dass ich die magische Welt nie wieder betreten kann!"

2. Kapitel

Erklärungen und Erwartungen

Hugo runzelte die Stirn. „Was soll Mo für diesen Prinzen Havlar tun?“

„Alvar, mein Junge, er heißt Prinz Alvar“, verbesserte die Königin.

„Okay.“ Hugo nickte. „Wie soll unser Freund Mo diesem Altmar helfen?“

Königin Pomeranza schwieg nur.

„Prinz Alvar ist also dein Cousin, Pomeranza“, überlegte Becky. „Aber wieso möchte er dir die Macht entreißen?"

„Wenn ich das nur wüsste, meine liebe Freundin. Eigentlich kennen wir uns gar nicht richtig. Nur ... von Erzählungen." Die Königin rutschte auf dem Sofa hin und her. „Genau das macht mich so unruhig: Ich kann Prinz Alvar nicht einschätzen. Wir hatten nie etwas miteinander zu tun, geschweige denn, dass er Ansprüche auf den Thron erhoben hat. Was hat er auf einmal vor?"

Pepper sah in die Runde und fixierte einen nach dem anderen. „Als Erstes sollten wir Mo retten. Danach kümmern wir uns um den Prinzen und seine Gefolgschaft."

„Weise Worte, Katerchen!", flötete Genoveva. „Ein Plan zur Befreiung von Mo muss her. Und zwar ein guter!"

Mit einem Mal herrschte Stille in der Bibliothek. Man hätte das Knistern von Buchseiten hören können. Köpfe rauchten, Helme schepperten, Menschen-, Katzen-, Hunde- und Streifenhörnchen-Hirne arbeiteten auf Hochtouren.

Schweigen.

Niemand regte sich – bis Hugo laut seufzte. „Mir fällt nichts ein, mein Kopf ist leer."

„Geht mör genauso“, schepperte Ferdinand.

„Da hilft auch kein Feenzauber“, gab Glimmeria zu.

„O weh“, jammerte Lady Greenie. „Mo ist verloren. Und die magische Welt ebenso.“

„Nun sei doch nicht immer so pessimistisch, Greenie“, schimpfte Lady Rose.

Pomeranza stöhnte. „Ich wollte endlich eine gute Königin sein. Ich wollte für Frieden zwischen allen Wesen sorgen. Und jetzt soll mein Cousin einfach so die magische Welt regieren? Das kann ich nicht zulassen.“

Sie alle machten betrübte Gesichter.

Alle.

Bis auf Becky. Das Mädchen lächelte.

In Erinnerung an die spannenden Fälle, die sie erst vor wenigen Tagen in den Detektivbüchern aus der magischen Bibliothek gelöst hatte, hatte sie die Ereignisse der letzten Wochen noch einmal überdacht. Sie hatte sich an jede Einzelheit ihres Besuches in der magischen Welt zu erinnern versucht, eins und eins zusammengezählt und eine Idee gehabt.

„Ich hab's!“, rief sie. „So könnte es klappen.“

„Was meinst du?“ Lady Botterblom faltete die Hände.

Glimmerias Wangen färbten sich vor Aufregung rosarot. „Das wäre zu schön. Wie sieht dein Plan aus, Becky?“

Becky sah in die Runde. „Als wir mit Ben in die magische Welt aufgebrochen sind, hatte er ein Buch dabei. Ein Buch über Schloss Rosenbolt. Er hat es bei Mo auf dem Teppich vergessen. Wenn wir Glück haben, besitzt Mo das Buch noch. Und wenn dem so ist, könnte Mo sich aus der magischen Welt und seiner Gefangenschaft heraus- und in unsere Welt hineinlesen. Direkt zu uns ins Schloss!“

„Aber … aber das hört sich für meine Ohren beinahe unmöglich an“, gab die Königin zu bedenken. „Kann der Teppichjunge überhaupt lesen?“

„Es ist die einzige Möglichkeit.“ Becky zuckte mit den Schultern. „Oder wie mein Lieblingsdetektiv Sherlock Holmes sagt: Wenn du das Unmögliche ausgeschlossen hast, dann ist das, was übrig bleibt, die Wahrheit, wie unwahrscheinlich sie auch ist.“

„Teilen wir Mo doch Beckys Idee mit“, schlug Glimmeria vor. „Ich rufe sein Bild in der Kugel auf und Herr Nase spricht noch einmal mit ihm. Natürlich nur, wenn kein fieses Wesen bei ihm ist.“

„Und wann soll das sein?“ Herr Nase schwirrte aufgeregt durch die Bibliothek, seine große Aufgabe machte ihn stolz und kribbelig zugleich. „Wann soll ich mit Mo sprechen?“

„Wann?“ Hugo kniff die Augen zusammen. „Natürlich sofort!“ Watson knurrte laut. „Wer weiß, was die Entführer sonst mit ihm anstellen!“

Nachdem alle einverstanden waren, legte Glimmeria ihre Zauberkugel auf ein weiches Kissen auf dem Sofa und ließ das Bild von Mo erscheinen. Er kauerte auf einem schmutzigen Häufchen Stroh auf dem Boden. Offensichtlich in einer düsteren Höhle. Zumindest war er nicht mehr gefesselt.

„Mo?“, flüsterte Herr Nase.

Erschrocken hob Mo den Kopf und sah sich um.

„Keine Angst! Ich bin es wieder, Herr Nase“, flüsterte das Kerlchen, während es ruhig in die Kugel blickte.

Als Mo die vertraute Stimme hörte, entspannten sich seine Gesichtszüge. „Bitte sprich leise, Herr Nase! Ich bin zwar allein, aber hier haben sogar die Wände Ohren."

Herr Nase überlegte. „Was meinst du mit ‚die Wände haben Ohren'? Befürchtest du, sie haben unser Gespräch heute Morgen belauscht?"

Mo schüttelte den Kopf. „Dazu sind die Zwerge, Kobolde und Elfen viel zu einfältig. Sie glauben, dass ... pssst!"

Becky, Hugo, Lotti, Watson, die magischen Wesen der Bibliothek und Königin Pomeranza beobachteten, wie Mo sich panisch umblickte.

„Ich dachte, ich hätte etwas gehört", wisperte er nach einer Weile, „aber ich habe mich wohl getäuscht. Passt auf: Ich habe meine Entführer belauscht. Prinz Alvar benutzt mich, um an die Königin heranzukommen. Er weiß, dass ich mit Becky, Hugo und Ben befreundet bin und dass die Königin bei euch auf Schloss Rosenbolt ist. Ich soll dafür sorgen, dass sie dort bleibt." Er ballte die Fäuste. „Etwas so Unehrenhaftes würde ich niemals tun! Das habe ich Becky und Hugo versprochen."

„Sag Mo, dass wir alle hier sind und dass wir mithören“, forderte Becky Herrn Nase auf. „Berichte ihm von unserem Plan, ihn zu befreien.“

Die Steinfigur tat, was Becky ihr aufgetragen hatte.

Sofort huschte ein Lächeln über Mos Gesicht. Wieder blickte er sich suchend um, spähte nach rechts und links, nach vorn und hinten, ob ihn ein Entführer beobachtete. Als er sich vergewissert hatte, dass niemand in der Nähe war, zog er das Abenteuerbuch behutsam aus seinem langen Mantel.

„Es ist das Einzige, was mir von euch geblieben ist, Becky. Ich hüte es wie einen Schatz in meinem großen Mantel.“ Zaghaft winkte Mo, Tränen kullerten ihm dabei über die Wangen. „Sobald ich mich sicher fühle, lese ich los. Wartet auf mich! Bitte!“

Auf Beckys Geheiß hin erklärte Herr Nase, wie Mo sich mithilfe des Buches aus seiner Gefangenschaft und der magischen Welt würde herauslesen können. Und dass er dabei unbedingt darauf achten müsse, allein zu sein. Schritt für Schritt gingen sie die Vorgehensweise flüsternd durch, bis Mo alles verstanden hatte.

„Er soll unbedingt die Seite lesen, die im Schlosspark

spielt“, wies Hugo Herrn Nase an, „damit er nicht irgendwo tief unten im Schloss bei den Verliesen landet. Und damit die Erwachsenen auf gar keinen Fall etwas mitbekommen.“

Pepper miaute aufgeregt. „Wir magischen Wesen werden vom Fenster aus beobachten, wenn Mo ankommt. Hugo und Becky warten mit Lotti und Watson am Schlossbrunnen.“

Gewissenhaft gab Herr Nase alles an den Teppichjungen weiter, während sich Genoveva, Ferdinand, Glimmeria, die drei Buxies und die Königin Pomeranza schon um die kleinen, seit Jahren ungeputzten Dachfenster drängten. Mit einem Satz hechtete Pepper auf das Fensterbrett und kratzte mit seinen messerscharfen Krallen aufgeregt an der Fensterscheibe.

„Komm, wir machen uns auf in den Schlosspark“, wandte sich Hugo an Becky.

„Wuff, wuff. Ein Empfangskomitee, wie aufregend“, bellte Watson.

„Mein Herz klopft wie verrückt." Becky drückte Hugos Hand. „Hoffentlich geht alles gut."

„Und hoffentlich dauert es nicht zu lange", fiepte Lotti. „Nichts gegen Mo, ich finde den Jungen inzwischen auch ganz nett. Obwohl er damals dafür verantwortlich war, dass ich von diesen stinkenden Kobolden in einen Gitterkorb gestopft und ins Gefängnis verfrachtet wurde. Gammelige Erdnuss, ich darf gar nicht daran denken. Allein bei dem Gedanken dreht sich mir der Magen um. Und ich habe noch gar nicht gefrühstückt, so ein paar Nüsse oder eine Handvoll Trauben wären jetzt genau das Richtige. Hörnchenfies! Becky vergisst anscheinend, dass so ein zarter Streifenhörnchen-Magen ..."

„Lotti!" Watson schob sein Maul direkt vor Lottis Gesicht. „Halt einfach mal deine Klappe! Wir haben Wichtigeres zu tun, als etwas zu futtern. Hier ist eine fiese Verschwörung im Gange!"

3. Kapitel

Freund und Feind

Erwartungsvoll ließen sich Becky, Hugo, Lotti und Watson von der Bogentreppe in die große Eingangshalle von Schloss Rosenbolt hinabruckeln. Als sie zur Eingangstür hinauslaufen wollten, wären sie beinahe mit Ben zusammengestoßen, der davor wartete.

„Ups, ich habe doch noch gar nicht geklingelt“, stellte Ben verwundert fest. „Wie konntet ihr wissen, dass ich komme?“

„Wussten wir gar nicht.“ Hugo knuffte Ben in die Seite.

„Bin ich etwa zu spät?“ Ben hob ein Päckchen hoch.

„Zu spät, zu spät.“ Lotti steckte ihren Kopf aus Beckys Pullovertasche. „Ich finde es viel zu früh für einen Spaziergang. Eigentlich ist jetzt die richtige Zeit, um ein feines Trauben- oder Nussfrühstück zu sich zu nehmen. Aber niemand legt Wert darauf, dass ein dürres Streifenhörnchen wie ich nicht vor Hunger stirbt.“

„Echt? Wollt ihr ... spazieren gehen?“ Ben runzelte die Stirn.

„Quatsch, wir haben Wichtigeres vor. Erzählen wir dir gleich“, meinte Hugo.

„Arme Lotti.“ Becky stopfte ein paar Nüsse in ihre Pullovertasche. „Da hast du etwas.“

„Danke!“ Ein Knabbern und Knacken verriet, dass Lotti zufrieden futterte.

Ben deutete auf sein Päckchen. „Ich bin extra vor dem Frühstück zum Schreibwarenladen gegangen und habe ein Geschenk zum Abschied für Königin Pomeranza gekauft. Ein Notizbuch, in das sie selbst Geschichten schreiben kann.“

Becky lächelte. „Wie lieb von dir, Ben, aber die Abreise verschiebt sich. Es gibt Probleme."

„Probleme?" Ben sah irritiert von einem zum anderen.

„Komm einfach mit", schlug Becky vor, „wir erklären dir dann alles."

Ben, der nach seinem zufälligen Ausflug in die magische Welt nichts mehr für unmöglich hielt, folgte Becky und Hugo samt deren Haustieren. Als sie am Brunnen mit Knacks und seiner neuen goldenen Kugel angekommen waren, ließen sie sich auf die steinerne Einfassung plumpsen.

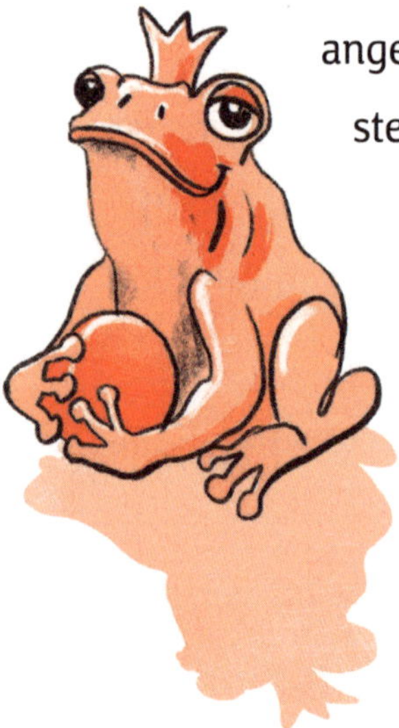

„Hallo, Knacks." Becky lächelte dem Brunnenfrosch zu. „Ich hoffe, du erlaubst uns, hier zu sitzen."

Wie gewohnt machte Knacks keinen Mucks, aber an einem kurzen Zucken seiner Augen erkannte Becky, dass das magische Wesen sie sehr wohl verstanden hatte.

„Mo ist in Gefahr", sagte Hugo zu Ben. „Ein Cousin von Königin Pomeranza und seine Gehilfen haben unseren

Teppichfreund entführt. Wir konnten ihn in Glimmerias Kristallkugel sehen ..."

„... und Herr Nase hat sogar mit ihm gesprochen", ergänzte Becky. „Jetzt wollen diese Kerle Mo benutzen, um an die Königin ranzukommen."

„Prinz Alvar, Königin Pomeranzas Cousin, möchte die magische Welt regieren", erklärte Hugo und berichtete dann von ihrem Plan zur Befreiung.

„Abgefahren! Mo könnte also demnächst in unserer Welt auftauchen. Ganz schön viele Neuigkeiten um diese Zeit. Dabei bin ich morgens meist noch nicht so ... fit!"

„Ich auch nicht." Lotti krabbelte aus Beckys Pullover und kuschelte sich auf Bens Schoß. „Dann sind wir schon zu zweit. Wir könnten uns hinsetzen und Nüsse knacken und dabei überlegen, wie es weitergeht und ..."

„Wuff, wie kann man nur so verpennt und so hungrig sein und gleichzeitig so viel quatschen?" Watson knurrte leise. „Mo kann jeden Moment hier auftauchen, da kann doch keiner schlafen!"

„Ich schon", gab Lotti zurück, schloss die Augen und wollte gerade leise schnarchend einschlafen.

In diesem Augenblick zuckte ein Blitz am völlig wolkenlosen Himmel, es donnerte und … aus einer riesigen Nebelwolke heraus schwebte Mo über der Wiese in der Nähe des Irrgartens. Ziemlich weit weg, aber dank seines Teppichs unzweifelhaft auszumachen. Er kam stetig näher.

„Es hat geklappt!“, jubelte Hugo, sprang auf und winkte wie verrückt.

„Er ist da! Mo ist da!“, rief Ben.

Becky wollte ihrem Freund aus der magischen Welt gerade entgegenrennen, da hielt sie inne, denn schon wieder hallten krachende Donnerschläge über dem Schlossgarten, Blitze erhellten den Himmel und eine noch größere Nebelwolke als zuvor waberte über dem Irrgarten.

Sekunden später rannten vier hässliche Zwerge und drei finstere Kobolde über die Wiese des Schlossgartens. In ihren Händen hielten sie schwere Hämmer, Pfeil und Bogen, scharfe Dolche oder Lanzen. Zwischen ihnen hüpfte ein kleines dickliches Männchen mit langem Bart und spitzem Hut wie ein Flummiball herum. Das Kerlchen trug eine große altertümliche Spindel in der Hand. Im Zentrum der ganzen Gesellschaft thronte ein junger

Mann auf einem mächtigen Rentier. Sein silbernes Wams, der rote Samtumhang und der Schild wiesen darauf hin, dass es sich bei diesem Neuankömmling um Prinz Alvar handeln musste.

„O nein!“ Becky kehrte schnaubend zum Brunnen zurück. „Was machen wir jetzt? Das ist der Prinz, von dem Pomeranza gesprochen hat. Mo war beim Lesen wohl doch nicht allein und hat die anderen garstigen Entführer aus Versehen mit in unsere Welt gelesen.“

Hugos Augen waren vor Schreck geweitet. „Ach, du Schei...benkleister, die sind bewaffnet! Und sie bewegen sich alle in unsere Richtung! Ich glaube, die wollten herausgelesen werden. Und jetzt sind sie auf der Suche nach Königin Pomeranza!“

„Das sieht ... nicht gut aus“, flüsterte Ben bestürzt.

Becky rannte in Sichtweite der Dachfenster, ruderte wie wild mit den Armen und sah nach oben. Dorthin, wo sie die magischen Wesen in der Bibliothek vermutete.

„Tut doch was! Genoveva, Ferdinand, Pepper, Glimmeria und ihr Buxies, Hilfe!“

Entsetzt beobachteten Becky, Hugo, Lotti, Watson und Ben, wie sich die Zwerge und Kobolde, das Spindelmännchen und der Prinz auf seinem Rentier in Richtung Brunnen aufmachten.

Inzwischen waren sie nur noch wenige Hundert Meter entfernt.

„Ich ... bin wie gelähmt“, flüsterte Becky, „ich kann noch nicht mal wegrennen.“

„Geht mir genauso“, wisperte Hugo mit dünner Stimme.

Becky, Hugo, Ben und die Tiere waren derart geschockt,

dass sie gar nicht merkten, dass Mo inzwischen neben ihnen gelandet war. Sie hatten nur Augen für Prinz Alvar und seine Gefährten. Der Abstand der merkwürdigen Truppe hatte sich mittlerweile verringert. Becky und ihre Freunde konnten die Fratzen der Zwerge deutlich erkennen, das überhebliche, siegessichere Lachen der Kobolde hören und sogar schon den beißenden Gestank riechen, den das Rentierfell ausströmte.

Das Männchen mit der Spindel brüllte ihnen entgegen: „Wir kriegen euch, wir schnappen euch, wir fangen euch! Ach, wie gut, dass niemand weiß, dass ich Rumpelstilzchen heiß!“

Becky schloss die Augen, Lotti verkrümelte sich schnell in ihrer Pullovertasche. Sie konnten nicht mit ansehen, was nun passierte. Becky erwartete, den Fieslingen jeden Moment von Angesicht zu Angesicht gegenüberzustehen.

Ob sie ihr etwas antun würden? Oder Hugo, Ben, Lotti und Watson?

Oder Mo?

„Wie habt ihr das denn gezaubert? Könnt ihr Wunder vollbringen?“, hörte Becky Mos Stimme. „Gerade wollte ich euch auf meinen Teppich packen und in Sicherheit bringen. Aber das ist jetzt wohl nicht mehr nötig. Seid erst einmal gegrüßt, liebe Freunde, und tausend Dank für euren klugen Plan.“

„Guten Tag, Mo. Den Teppich brauchen wir wohl nicht mehr. Sieht aus, als hätte jemand eine unsichtbare Wand zwischen uns und diese wilden Kerle gebaut“, erklärte Ben.

Becky blinzelte, traute sich aber noch immer nicht, ihre Augen ganz zu öffnen.

„Hallo, Mo, schön, dass es geklappt hat“, freute sich Hugo. „Aber wen hast du denn da mitgebracht?“ Er deutete auf die Zwerge, Kobolde und Prinz Alvar.

„Tut mir so leid“, murmelte Mo zerknirscht. „Als ich die Stelle im Buch gelesen habe, war ich wohl leider doch nicht ganz allein. Dieses Pack hatte sich versteckt und mich belauscht ... und irgendwie habe ich sie wohl mit herausgelesen. Gut, dass sie jetzt aufgehalten werden."

Aufgehalten? Unsichtbare Wand? Wunder vollbracht?

Wovon redeten die Jungs nur?

Becky öffnete mutig erst das rechte, dann das linke Auge. Was sie sah, beruhigte und belustigte sie gleichermaßen: Etwa zehn Armlängen vom Brunnen entfernt rammten die Wesen aus der magischen Welt immer wieder gegen eine Art unsichtbare Glasscheibe, die sie auch mit aller Mühe und Kraft nicht überwinden konnten. Die Zwerge zeterten, die Kobolde donnerten mit ihren Hämmern gegen das, was sie aufhielt. Vergeblich.

Als Prinz Alvar verärgert sein Rentier antrieb, um das unsichtbare Hindernis zu durchrennen, knallte das arme Tier dagegen und Prinz Alvar fiel hinunter, mitten hinein in einen Dornenbusch.

„Aua, autsch!", brüllte er vor Schmerz.

„Geschieht ihm recht.“ Becky stemmte die Hände in die Hüften. „Das sieht echt witzig aus.“

Hugo grinste. „Besser als Fernsehen.“

„Viel besser.“ Ben lachte.

„Glimmeria hat einen Bann um das Schloss gelegt, quak, quak.“ Knacks hatte sich entsteinert, saß nun neben den Kindern und sah zu den Eindringlingen.

„Oh, noch ein magisches Wesen“, bemerkte Mo mit Blick auf Knacks. „Eine Kröte, die sprechen kann.“ Auch Ben war verblüfft.

„Eine ... eine ... Kröte? Quak, quak, quak“, japste Knacks. „Ich bin ein Frosch!“ Vor lauter Ärger bekam er Schnappatmung, riesige Glupschaugen und heftigen Schluckauf. „Quak, hick! Hick, quak! Ich bin ... hicks! ... Knacks Frosch! Ein waschechter, gar königlicher Nachkomme ... hicks, hicks, quak! ... aus dem ehrenwerten Geschlecht der ... hicks! ... Goldlurche.“

„Oh, das tut mir leid, ehrenwerter Frosch.“ Mo verbeugte sich, packte den Frosch und hielt ihn einen Moment mit dem Kopf nach unten.

„Hiiiiilfe“, jammerte Knacks.

„Was tust du denn da, Mo?", rief Becky entrüstet. „Lass den armen Knacks sofort wieder los!"

„Gern." Wieder verbeugte sich Mo und setzte Knacks behutsam auf den Brunnen zurück. „Jetzt müsste der Schluckauf weg sein. So machen wir das auf unseren fliegenden Teppichen auch immer. Bei Schluckauf kurz den Kopf nach unten halten und weg ist er!"

„Quak, quaaaak! Tatsächlich." Knacks verzog das Maul. „Dann muss ich mich wohl bei dir bedanken, Teppichklopfer."

„Immer zu Diensten."

„Und was ist das für ein merkwürdiger Bann, Knacks?“, fragte Ben. „Wie funktioniert der?“

„Er wirkt wie eine gläserne Glocke, die Glimmeria über das Schloss gestülpt hat. Quahaaak! Die Eindringlinge können das Hindernis nicht überwinden.“ Der Frosch überlegte. „Hoffentlich hat Glimmeria einen Bann gewählt, der sich nicht nach ein paar Minuten wieder auflöst.“

„So etwas gibt es? Danke für deine Erklärung, Knacks.“ Hugo stöhnte. „Lasst uns lieber in die magische Bibliothek verschwinden!“

4. Kapitel

Verbeugungen und Verflixungen

Diesmal mussten sich Becky, Hugo und Ben für keine Treppe entscheiden. Auf Mos Teppich war genug Platz für sie alle, auch für Lotti, Watson und Knacks, und noch schneller als die Treppen war das Flugobjekt allemal.

Gekonnt gehorchte der weiche Teppich Mos Kommandos und schwebte nach Hugos Erklärungen in die Bibliothek unterm Dach. Hier standen Genoveva, Ferdinand,

Pepper, Glimmeria, die drei Buxies und die Königin Pomeranza noch immer an den Dachfenstern und amüsierten sich. Erleichtert ließ Mo seinen Teppich landen, verneigte sich mehrfach vor der Königin und warf einen neugierigen Blick auf die zahlreichen Bücherregale.

„Hört bitte alle zu! Erstens: Wir haben Besuch mitgebracht", rief Becky. „Und zweitens: Ist dein Bann nur von kurzer Dauer oder hält er länger, Glimmeria?"

Die Fee tippte mit ihrem Zauberstab belustigt auf Beckys Nase. „Der Bann hält so lange, wie ich es möchte. Keine Sorge, Becky, Prinz Alvar und seine Mitstreiter kommen nicht in unser Schloss."

„Puh! Ein Glück." Becky stöhnte.

Mit ausgestreckten Armen lief Genoveva auf den Teppichjungen zu. „Mo! Du hast es also geschafft. Wir haben deine Ankunft schon vom Dachfenster aus verfolgt. Keine Sorge, hier bei uns bist du sicher."

„Ben öst auch da", schepperte Ferdinand. „Wö schön. Je mehr Könder zum Lesen kommen, desto besser."

„Und Knacks!", jubelte Lady Rose. „Dich habe ich ja so lange nicht mehr gesehen, mein quakender Freund!" Liebevoll hob sie den Frosch in die Höhe und drückte ihm einen dicken Kuss aufs Maul.

„Quak! Also, wenn du immer noch hoffst, dass ich mich nach dem Küssen in einen Prinzen verwandle, Lady Rose, dann vergiss es schleunigst“, quakte der Frosch amüsiert.

Lady Rose kicherte. „Man kann es doch mal versuchen.“

„Speckige Spitzmaus, was ist denn mit euch los? Wir haben keine Zeit für Plauderstündchen“, fauchte Pepper. „Da draußen rennen magische Wesen gegen eine imaginäre Glasglocke. Die Kerle müssen wir dringend wieder loswerden.“

„Er sieht recht stattlich aus, dieser Prinz Alvar.“ Die Königin wischte mit einem Zipfel ihres Kleides über die staubige Scheibe. „Aber er ist und bleibt ein Verräter mit diesem verhängnisvollen Pakt. Das wird ihm noch leidtun!“

„Ich fürchte, wir brauchen einen neuen Plan“, maunzte Pepper.

Hugo nickte. „Und zwar schnell! Bald kommen meine Mutter und Beckys Vater aus der Uni zurück. Wenn sie die Kerle da draußen sehen, rufen sie noch die Polizei. Und dann gibt es hier großes Chaos.“

„Polizei? Gendarmen? Bei uns im Schloss?“ Lady Greenie ließ sich ermattet auf das Sofa inmitten der Bibliothek gleiten. „Das ist zu viel für meine schwachen Nerven.“

Becky hatte sich im Schneidersitz vor einem Bücherregal niedergelassen und runzelte die Stirn. Man konnte ihr deutlich ansehen, wie es in ihrem Hirn ratterte, wie Gedanken kamen, verworfen wurden, sich zu neuen Ideen zusammensponnen. „Verflixt, verflixt und noch mal verflixt! Was für eine Menge Verflixungen! Hugo hat recht. Wenn mein Vater und Molly die fiesen Kerle entdecken, gibt es Ärger. Und den können wir absolut nicht gebrauchen.“

„Was schlägst du vor, Becky?“, schepperte Ferdinand.

„Hmmm.“ Becky rieb sich die Nase. Dann erhob sie sich, verschränkte die Arme hinter dem Rücken, lief an den Bücherregalen auf und ab und las aufmerksam die Titel.

„Was wird das?“ Hugo lief ihr nach.

„Ich suche ein bestimmtes Buch. Oder besser: ein Buch mit einer ganz bestimmten Geschichte“, antwortete Becky.

„Und was für eine Geschichte soll das sein?“

Becky grinste. „Deine Bemerkung draußen am Brunnen hat mich auf eine Idee gebracht. Du hattest gesagt, dass der komische Auftritt von Prinz Alvars Truppe besser als Fernsehen sei. Und hier, in der Bibliothek, hat es auf einmal *klick!* bei mir gemacht. Wir brauchen eine Geschichte mit einem Fernsehteam, das wir herauslesen können.“ Sie flüsterte Hugo ihren Plan ins Ohr. „Meinst du, das könnte klappen?“

Hugo überlegte kurz, dann huschte ein Lächeln über sein Gesicht. „Geniale Idee, Becky Librum! Dann mal los. Ich hole Ben und Mo, damit wir zu viert suchen können.“

„Zu viert?“ Watson knurrte. „Lotti und ich sind natürlich auch dabei.“

„Wir können zwar nicht lesen, was hörnchenfies ist“, fiepte Lotti, „aber vielleicht können wir das richtige Buch ja erschnuppern! Bestimmt riecht es nach Abenteuern!“

Becky weihte alle in ihren Plan ein und so beteiligten sich wenig später nicht nur die vier Kinder und die Haustiere an der Suche, sondern auch Genoveva, Ferdinand, Pepper, Glimmeria und die Buxies. Königin Pomeranza blieb am Fenster und ließ den gefährlichen Trupp im Schlossgarten nicht aus den Augen.

Schließlich war es Ben, der das passende Buch fand:

„Ich habe es", jubelte er. *„Filmdreh auf Burg Klotterfels."*

Er hob das Buch in die Höhe, Becky, Hugo, Mo und die anderen applaudierten begeistert.

„Räudige Ratte, Beckys Plan könnte funktionieren", maunzte Pepper. „Jetzt müsst ihr das Buch ganz schnell lesen."

„Auf der Stelle." Ferdinand stampfte mit seinen Blechschuhen auf den Boden.

„Auf der Stelle?", wiederholte Genoveva. „Aber nein, meine Herren, auf gar keinen Fall. Wir brauchen die Figuren im Schlossgarten, nicht in unserer Bibliothek." Sie wedelte sich mit ihrem Fächer frische Luft zu und wandte sich an Becky, Hugo und Ben. „Bitte nehmt das Buch mit nach draußen, Kinder. Und dann ..."

„Lest los!“, hauchte Glimmeria feierlich und zauberte einen funkelnden Sternenregen mit ihrem Zauberstab.

So schnell sie konnten, nahmen Becky und ihre Freunde auf Mos Teppich Platz. Stolz drückte Ben das Buch an seine Brust und hielt es mit beiden Händen fest. So flogen sie bis zur Eingangstür hinunter und von dort weiter in den Schlosspark, direkt zum Brunnen von Knacks Frosch.

Dass sie die Strecke an diesem Tag noch häufiger zurücklegen mussten, ahnte noch niemand von ihnen.

5. Kapitel

Filmdreh und Froschmagie

Das Bild, das sich Becky und ihren Freunden im Schlosspark nach kurzer Zeit bot, war zum Kaputtlachen.

Die Zwerge, Kobolde und das Rumpelstilzchen lagen neben- und übereinander, weil sie vom vielen Anrennen gegen den Bannkreis völlig erschöpft waren. Prinz Alvar schlief auf dem Bauch seines Rentiers, das sich ebenfalls hingelegt und alle viere von sich gestreckt hatte. Ein durchdringendes Schnarchen in verschiedenen Tonhöhen war von den ermatteten magischen Wesen zu hören.

„Quak, quak, quaaak. Seid leise, unsere ungebetenen Gäste schlummern", wisperte Knacks den Kindern zu. „So eine froschfeine Ruhe!"

Lotti lief in Richtung der Schlafenden und betrachtete sie neugierig. „Schimmelige Walnuss, das Rumpelstilzchen schnarcht wie ein Bär", quiekte sie lauthals.

Knacks blähte die Backen auf. „Lotti! Pssst, quak, quak."

„Ruhe, wuff, sei still, Lotti", knurrte Watson leise.

Doch es war zu spät. Die magischen Wesen rund um Prinz Alvar hatten das keifende Streifenhörnchen längst gehört. Sie öffneten die Augen und blinzelten schlaftrunken ins Nachmittagslicht. Als sie erspähten, dass Becky, Hugo und Ben mitsamt Mo wieder zurück waren, mobilisierten sie umgehend ihre Kräfte und begannen erneut, zu toben, zu brüllen und wie wild gegen das unsichtbare Hindernis zu klopfen.

„Wir haben einen Pakt geschlossen. Mit Prinz Alvar und gegen die unfähige Königin der magischen Welt. Auf Gedeih und Verderb", zeterten die Zwerge.

Die Kobolde rannten entlang der imaginären Scheibe, um ein Schlupfloch zu finden. Aber Glimmeria hatte gute Arbeit geleistet, kreisrund und fest lag ihr Bann um das Schloss.

„Die sind nicht kleinzukriegen", meinte Hugo.

Knacks quakte laut. „Das Rumpelstilzchen hat schon Feuerholz zusammengetragen, damit es am Abend um die Flammen tanzen kann. Quaaaaak! Diese Märchenfigur ist so anstrengend!"

„Vielleicht möchte er geröstete Maronen zubereiten", überlegte Lotti. „Also, die mag ich gern. Auch ungeröstet, wenn es sein muss. Aber dann haben sie nicht diesen leicht weihnachtlichen Geschmack und die Schale …"

„Lotti!", bellte Watson. „Du altes Plappermaul! Es reicht."

„Stimmt, Watson. Jetzt reicht es wirklich." Becky stemmte die Hände in die Hüften. „Bevor hier noch mehr Chaos ausbricht, müssen wir das Kamerateam aus dem Buch *Filmdreh auf Burg Klotterfels* herauslesen. Ben? Willst du es versuchen?"

Ben schüttelte entschieden den Kopf und hielt Becky das Buch hin. „Das kannst du besser, Becky. Ich habe noch nie eine Figur herausgelesen und will es nicht verpatzen. Mir fallen nicht so schnell die passenden Geschichten oder Hinweise ein, die man im Text ergänzen muss. Und die Zeit drängt!“

Becky nickte verständnisvoll, nahm das Buch entgegen und drehte sich zu Hugo und Mo. „Oder möchte einer von euch? Ich möchte mich nicht vordrängen.“

Mo hob abwehrend die Hände.

„Das ist dein Moment, Becky“, meinte Hugo. „Mach du das!“

Becky blätterte kurz durch das Buch und las ein bisschen quer. Dann lächelte sie, trug einen Teil der Geschichte aus dem Buch vor und fabulierte hin und wieder eine Stelle hinzu:

„Es war ein herrlicher Tag, als das Filmteam unter der Leitung von Joe Schmackes auf Burg ...“, Becky räusperte sich, um die wahre Geschichte im Buch leicht zu verändern, „im Park von Schloss Rosenbolt, direkt neben dem Schlossbrunnen, mit den Dreharbeiten für den neuen ... ähm ... Fantasyfilm über Zwerge, Kobolde, das Rumpelstilzchen und einen mysteriösen Prinzen begann.“ Sie zwinkerte den Jungs und Knacks zu. „Wie immer trug Kameramann Joe Schmackes sein Markenzeichen, eine Baseballkappe, auf dem Kopf und hatte die beste Ausrüstung dabei: eine nagelneue Kamera, mehrere Stative, eine Angel mit Mikrofon, die der Assistent Manfred Hopser trug. Die Dritte im Team war die Tonmeisterin Lizzy Bell, die ...“

In diesem Moment begannen drei Personen, die urplötzlich aus dem Nichts aufgetaucht waren, eine Kamera neben dem Brunnen aufzubauen. Sie schleppten Kabel, stellten das Licht passend ein und blätterten in ihren Unterlagen. Becky, Hugo, Ben, Mo und Knacks sahen ihnen zu.

„Diese Frau muss Lizzy Bell sein“, flüsterte Becky.

„Und der Typ ohne Kappe ist der Assistent Manfred Hopser“, wisperte Ben.

„Hör mal, Joe!“ Lizzy Bell ließ eine Kaugummiblase platzen und sah sich um. „Was machen die vielen Kinder hier? Und der Frosch? Wollten wir nicht eigentlich einen coolen Kinderfilm auf einer Burg drehen, kein Märchen in einem Schloss?“

Becky ging auf Joe Schmackes zu und reichte ihm die Hand. „Guten Tag. Herzlich willkommen auf Schloss Rosenbolt. Mein Name ist Becky Librum und ich soll Sie im Namen meines Vaters, Professor Ignaz Librum, hier begrüßen. Er hat die Erlaubnis für den Filmdreh gegeben."

Der Kameramann sah Becky von oben bis unten an. „Seit wann verhandle ich neuerdings mit Kindern? Und wer, sagst du, ist dein Vater? Ignaz Librum? Nie gehört. Unser Produzent heißt Wolle Wurst, wir drehen einen

Kinderfilm auf Burg Klotterfels und …" Er blätterte in seinen Unterlagen.

In diesem Augenblick blinzelte Knacks, der Brunnenfrosch, dreimal.

Pling. Pling. Pling.

„Quak. Ich kann ihn zumindest ein bisschen verwirren", wisperte Knacks Becky und ihren Freunden zu. „Froschmagie."

Joe Schmackes runzelte die Stirn. „Oh, da habe ich wohl etwas durcheinandergebracht. Jetzt fällt es mir wieder ein. Wir drehen auf Schloss Rosenbolt, natürlich." Er sah Becky, ihre Freunde und seine Kollegen an. „Komisch. Tut mir sehr leid, Becky, dass ich das nicht mehr richtig im Kopf hatte. Wir Künstler sind manchmal etwas … nun ja … durch den Wind. Äh, ja, also, dann kann es losgehen."

Lizzy Bell deutete auf die Zwerge, Kobolde, das Rumpelstilzchen und Prinz Alvar. „Sind das die Darsteller?"

Becky nickte, sie konnte sich ein Grinsen nicht verkneifen. „Leider haben die Schauspieler ihren Text noch nicht richtig auswendig gelernt. Ich fürchte, es könnte ein bisschen kompliziert werden."

„Kein Thema. Darum kümmere ich mich“, erklärte Manfred Hopser, schnappte sich das Drehbuch und lief mit energischen Schritten auf den Bannkreis zu.

„O nein!“ Hugo hielt sich erschrocken die Hand vor den Mund. „Gleich knallt er gegen die Glasglocke.“

Sekunden vor dem eigentlich unvermeidbaren Zusammenstoß geschah das Unglaubliche: Assistent Manfred konnte mit einem Mal problemlos zu der Truppe um Prinz Alvar laufen. Kameramann Joe und Lizzy folgten ihm.

„Was ist passiert?“, flüsterte Becky. „Warum werden sie nicht aufgehalten?“

Knacks deutete zum Dachfenster. „Das muss Glimmeria gewesen sein. Quasi in letzter Minute, quak, quak. Sie hat den Bannkreis wohl so umgewandelt, dass er nur noch für die Kerle aus der magischen Welt gilt. Ihr Menschen könnt ihn problemlos durchschreiten.“

„Cool!“ Ben pfiff anerkennend.

Gespannt sahen Becky, Hugo, Ben und Mo zu, wie der Kameramann, sein Assistent und die Tonmeisterin mit den Zwergen, Kobolden, dem Rumpelstilzchen und Prinz Alvar zu diskutieren begannen.

„Tag, Leute, ich bin Joe Schmackes. Ich bin fürs Bild verantwortlich“, begann der Kameramann, „da drüben ist Manfred, mein Assistent, dahinten unsere Tonmeisterin Lizzy. Wir drehen also heute den Fantasyfilm ...“

Weiter kam er nicht, denn die Zwerge, Kobolde und das Rumpelstilzchen hüpften auf ihn zu, hielten ihre gezückten Waffen in der Hand und funkelten den Kameramann böse an.

„Gut! Sehr gut!“, warf Joe ein und schaltete die Kamera an. „Ich mache ein paar Probeaufnahmen. Haltet diesen Blick. Mega! Erste Sahne. Genau das Richtige. Wie sieht es mit dem Text aus?“

Das Rumpelstilzchen hob seine Spindel in die Höhe und kreischte: „Wir kriegen euch, wir schnappen euch, wir fangen euch! Ach, wie gut, dass niemand weiß, dass ich Rumpelstilzchen heiß!“

„Nee, das ist nicht korrekt.“ Manfred runzelte die Stirn. Gelangweilt blätterte er in seinem Drehbuch. „Falscher Text, Junge. Rumpelstilzchen ist ein ganz anderer Film. Echt langweilig, voll veraltet. Total uncoole Figur.“

Betroffen sah ihn das Rumpelstilzchen an. „Wirklich?“

Lizzy nickte. „Dabei siehst du echt cool aus, Junge. Da hat der Kostümbildner ganze Arbeit geleistet. Trau dich was, gib dem Affen Zucker!“

„Affe?“ Das Rumpelstilzchen sah sich um. „Aber hier ist doch gar keiner.“

„Das sagt man doch nur so“, gab Lizzy zurück. „Ist im übertragenen Sinne gemeint, Herzchen.“

Das Rumpelstilzchen fiel verblüfft in sich zusammen, als hätte man die Luft aus einem Ballon gelassen. Dafür begannen nun die Zwerge und Kobolde erneut zu toben.

„Angriff!“, riefen sie. „Attacke!“

„Welche Agentur hat euch denn gebucht?“, knurrte Manfred. „Der Text stimmt vorne und hinten nicht. Und gefährlich seht ihr auch kein bisschen aus.“

Lizzy stöhnte. „Ihr Pappnasen habt wirklich keine Ahnung von Schauspielerei.“

„Wie redest du mit meinen Untertanen, du unverschämtes Gör?“, polterte Prinz Alvar. Sein Rentier schlief noch immer entspannt auf dem weichen Gras des Schlossgartens. Deshalb reichte der Prinz der Tonmeisterin gerade bis zur Nasenspitze.

„Und wen stellst du dar, Jungchen?“ Lizzy blies Prinz Alvar eine Kaugummiblase ins Gesicht.

Erbost wedelten die magischen Wesen mit ihren Lanzen, Dolchen und Säbeln herum.

Mo kratzte sich nervös unter seinem Kopfschmuck. „Das sieht nicht ganz harmonisch aus. Sollte ich vielleicht mit meinem Teppich hinüberfliegen und für Verwirrung sorgen? Damit die Lage nicht brenzlig wird?“

„Was hast du gerade gesagt, Mo? Verwirrung?“ Becky sah in die Ferne, als hätte Mo sie auf eine geniale Idee gebracht. Und genau so war es!

„Verwirrung ist genau das, was wir jetzt brauchen. Und zwar sofort.“ Becky lächelte geheimnisvoll. „Auf die Schnelle können wir kein neues Drehbuch schreiben. Aber ich kenne da jemanden, der in Windeseile für ziemlich viel Unruhe sorgen kann.“

Hugo riss die Augen auf. „Du meinst doch nicht etwa ...?“

Becky kicherte. „Doch, genau den meine ich. Auch wenn das wieder nach viel Ärger riecht, aber wir brauchen den Fehlerteufel.“

„O nein, nicht dein Ernst, oder?“ Watson stöhnte.

„Dieses kleine rotzfreche Blaumonster?“, kreischte Lotti empört.

Becky strich sich eine Haarsträhne aus dem Gesicht. „Ohne ihn können wir das Drehbuch nicht ändern. Aber der eitle Prinz Alvar wird sich nie im Leben darauf einlassen, in einem Kinderfilm mitzuspielen. Und die fiesen Kobolde erst recht nicht.“ Sie deutete auf die wilden Kerle, die um das Kamerateam tobten.

Mo nickte. „Die brauchen etwas Dramatisches, eine Kampfszene. Und für Prinz Alvar ein wenig Romantik.“

„Becky und Mo haben recht. Wir dürfen Joe, Manfred und Lizzy nicht mit den aufgebrachten magischen Wesen allein lassen“, meinte Hugo. „Wir haben sie aus ihrer Geschichte herausgelesen, jetzt sind wir auch für sie verantwortlich.“

„Mo und ich holen das Buch mit dem Blaumonster aus der Bibliothek“, schlug Ben vor und nahm umgehend auf dem Teppich Platz.

Mit Turbogeschwindigkeit flogen Mo und sein Fluggast davon.

Hugo knetete nervös seine Hände. „Hoffentlich schaffen sie es, bevor es richtig Ärger gibt.“

Im Verborgenen …

„Nein, ist das herrlich! Welch fantastische Idee!“ Königin Pomeranza wischte sich Lachtränen aus den Augenwinkeln. „Wie schlau von dir, Glimmeria, den Bannkreis zu öffnen. Sonst dürften wir dieses großartige Schauspiel nicht miterleben. Pappnasen! Die Fernsehfrau hat tatsächlich Pappnasen zu den Zwergen und Kobolden gesagt.“

„Und zum Rumpelstilzchen“, freute sich Ferdinand und stampfte mit seinem Blechstiefel auf den Boden. „Das öst besseres Theater als früher von unserem Freund Shakespeare! In der Böblöothek für Erwachsene haben wör übrögens einöge Bücher von öhm."

Genoveva rümpfte die Nase. „Ich bitte dich, mein lieber Blechritter. Als ob Shakespeare nichts für Kinder wäre. Unterschätze unsere jungen Leser und Leserinnen nicht! In meinen Regalen habe ich einige Bücher von Shakespeare gesammelt, die durchaus kindgerecht niedergeschrieben wurden. Die berühmte und romantische Geschichte von Romeo und Julia beispielsweise oder die tragische Erzählung des Prinzen Hamlet."

„Hamlet? Genau das richtige Buch für mich", warf Königin Pomeranza ein. „Könnte ich es mir bitte ausleihen?"

Genoveva nickte.

„Beinahe alle Werke der großen Schriftsteller sind durchaus auch für Kinder geeignet." Glimmeria spreizte ihre schimmernden Flügel. „Kinder werden viel zu oft unterschätzt. Dabei sind sie schlau, neugierig und interessiert. Es kommt nur darauf an, wie man ihnen Bücher nahebringt. Tut man dies mit erhobenem Zeigefinger, bekommt kein Kind Lust aufs Lesen. Wenn man ihnen aber erklärt, dass sie mit Büchern in fremde Welten reisen, packende Abenteuer erleben, lachen und weinen können, sind sie sehr offen."

„Wohl wahr!" Ferdinand klopfte zustimmend auf seine Rüstung.

„Auch in meiner Abteilung, den Büchern über Fabelwesen, habe ich ein Werk des berühmten Schriftstellers Shakespeare", fuhr Glimmeria fort. „Es heißt *Ein Sommernachtstraum* und ist eine herrlich verrückte Geschichte, die von Feen, Naturgeistern und einem Kobold handelt. Becky könnte den Feenmann Puck aus dem Buch herauslesen, damit er ein Liebeswirrwarr unter Prinz Alvar und seinem Gefolge anstiftet."

„Bloß nicht!", mahnte Lady Botterblom. „Das interessiert nun wirklich keinen Zwerg da draußen. Und auch keinen Kobold."

Ferdinand hob sein Schwert wie ein Ausrufezeichen in die Höhe. „Denkt daran: Aus Könderbüchern kann man alles über das Leben lernen! Man löst Bücher nöcht einfach, man röcht den geheimnösvollen Duft der Werke, man spürt, erlebt und hört dö Bücher. Es göbt ön unserer magöschen Böblöothek aufregende, spannende, trauröge und lustöge Geschöchten. Möt Drachen, Monstern, Röttern, Feen, Elfen, Zwergen und Kobolden.“

„Apropos Kobold“, unterbrach Pepper ihn. „Wie soll es draußen mit dem verrückten Trupp um Prinz Alvar nun weitergehen? Beim Katzenhai, könnte das nicht gefährlich werden?“

„Ach, das ist bisher einfach nur köstlich, was sich dort unten ereignet! Diese Fernsehleute sind großartig. Zu gern würde ich jetzt unten bei Knacks auf dem Brunnen sitzen und aus der Nähe zusehen.“ Genoveva hielt sich den Bauch vor Lachen. „Wie gut, dass wir unseren Herrn Nase haben, der uns jedes Gespräch, das im Schlosspark stattfindet, sofort nacherzählen kann.“

„Kann man wohl sagen, verehrte Genoveva.“ Herr Nase plusterte sich auf. „Ich bin unersetzlich, nicht wahr?“

Lady Greenie kicherte. „Endlich habe ich wieder Spaß am Leben. Das ist so schön, ihr Lieben.“

Kater Pepper blieb skeptisch. „Ihr habt alle gut lachen, aber die Geschichte unten im Schlosspark fängt gerade erst an. Was, wenn die magischen Wesen beim Filmdreh nicht mitspielen? Wenn sie nicht mit dem Filmteam arbeiten wollen?"

„Darüber haben wir auch schon nachgedacht", keuchte Ben, während er mit Mo in die magische Bibliothek sauste. „Wir brauchen dringend das Buch mit dem Fehlerteufel. Er muss eingreifen und das Drehbuch so verändern, dass Prinz Alvar und seine Leute auf jeden Fall unbedingt mitspielen wollen und nichts Dummes passiert."

Genoveva sah die beiden Jungen einen Moment überrascht an, blickte zu Pepper und klatschte dann in die Hände. „Ben hat recht, genau wie unser schlaues Katerchen. Wir stehen hier herum und amüsieren uns, dabei könnte die Situation durchaus kritisch werden. Schwärmt sofort aus, meine Lieben, und sucht das Buch mit dem kleinen blauen Ungeheuer! Wir brauchen den Fehlerteufel!"

6. Kapitel

Schauspieler und Ungeheuer

Im Handumdrehen waren Mo und Ben samt Teppich wieder zurück am Brunnen vor dem Schloss.

„Hier, Becky, lies schnell."

Sie schnappte sich das wohlbekannte Werk mit dem Titel *Chaos in der Schule*, blätterte kurz und las an jener ganz bestimmten Stelle, die sie schon einmal vorgelesen hatte, los:

„Kaum war die Lehrerin Frau Wimmelmeyer verschwunden, tauchte ...", Becky übersprang ein paar Wörter, „ein blaues Zottelwesen mit zwei winzigen roten Hörnchen auf dem Kopf und einem riesigen Stift in seiner Kralle auf. Kichernd lief es auf ...", wieder machte Becky eine kurze Pause und überlegte sich die passenden Worte, „den Brunnen im Park von Schloss Rosenbolt zu und ..."

„Ich glaube, ich bin schon wieder da, wo ich neulich doch erst war", reimte eine vergnügte Stimme.

Als Becky, Hugo, Ben und Mo zum Brunnen sahen, turnte das freche blaue Zottelwesen, mit dem sie nun schon einige Male zu tun hatten, neben dem Brunnenfrosch herum. Knacks hatte sich sicherheitshalber wieder versteinert, aber Becky konnte an seinem Blinzeln erkennen, dass er alles um sich herum ganz genau beobachtete. Becky lief zum Fehlerteufel und setzte sich neben ihn.

„Hallo, Fehlerteufel. Wie geht es dir? Dieses Mal bin ich wirklich froh, dich zu sehen, denn wir haben wieder eine große, ungeheuer wichtige und ehrenvolle Aufgabe für dich. Würdest du uns noch einmal helfen?"

„Satz mit x, das wird nix." Der Fehlerteufel machte ein trauriges Gesicht. „Erst erfüllt ihr mir einen großen

Wunsch, sonst zieht der Fehlerteufel einen Flunsch.“ Kaum hatte er ausgesprochen, tobte er wie wild um den Brunnen herum, kreischte und bleckte die scharfen Zähne.

Hugo tippte Becky auf die Schulter. „Er will uns erpressen, schätze ich. Wenn wir ihm nicht einen Wunsch erfüllen, hilft er uns nicht. Stimmt's, Blaumonster?“

Ein listiges Lächeln huschte über das Gesicht des wuscheligen Kerlchens. „Na und? Fehlerteufel machen so was. Also?“

In diesem Augenblick schwebte Herr Nase schwer atmend neben Beckys Ohr und flüsterte: „Du darfst ihm den persönlichen Schutz von Königin Pomeranza anbieten. Und eine Tätigkeit als Hofnarr.“ Erschöpft von seinem flotten Flug ließ sich die Steinfigur auf dem Rand des Brunnens nieder.

Becky runzelte kurz die Stirn. Ob der Fehlerteufel Interesse am Angebot der Königin hatte? So einem verrückten Wesen waren Ruhm und Ehre doch bestimmt egal. Doch ein Blick auf die zeternden Zwerge und Kobolde und den zunehmend genervten Prinz Alvar zeigte ihr, dass keine Zeit für Überlegungen oder langwierige Verhandlungen blieb.

„Okay, Fehlerteufel.“ Becky holte tief Luft. „Die ehrwürdige Königin Pomeranza, große Gebieterin der magischen Welt, bietet dir eine Stelle in ihrem Hofstaat an, wenn du uns hilfst.“

Das aufmüpfige Kerlchen, das gerade noch wie wild herumgetobt hatte, kauerte sich japsend neben Becky und blickte sie mit großen Augen an.

„Die Königin ... beachtet mich? Sie möchte, dass ich ihr zu Diensten bin?“ Freudentränen rannen über die pelzigen Wangen des Fehlerteufels. „Sie weiß, wer ich bin?“

Hugo nickte. „Wir haben gerade den Auftrag bekommen, dich zu fragen, ob du ...“

„Ja, ja, ja, ich will! Sofort bin ich mucksmäuschenstill“, murmelte der Fehlerteufel vor sich hin. „Alles, alles mach ich fein, um bei der Königin zu sein!“

Becky sah Hugo, Ben und Mo überrascht an. Auf so viel Treue und Bewunderung war sie nicht vorbereitet gewesen. Umso besser!

„Abgemacht, Fehlerteufel. Dann pass mal auf." Becky beugte sich zu dem blauen Wuschelmonster und flüsterte ihm ihr Anliegen ins Ohr.

Sekunden später flitzte das Kerlchen wie ein blauer Blitz durch den Schlosspark, schlich sich möglichst nah, aber unauffällig, zu Joe Schmackes und dessen Kamera und gestikulierte wild. Dann sauste er wieder zurück zum Brunnen und legte sich keuchend neben Knacks Frosch.

„Alles erledigt, wunderbar. Drehbuch für Fantasy ist jetzt da." Er lächelte glücklich. „Fehlerteufel können so was!"

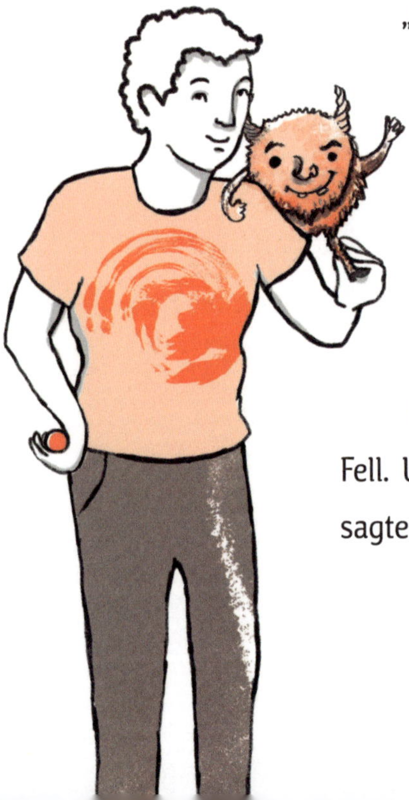

„Okaaaaay", murmelte Hugo zögerlich.

„Da bin ich aber gespannt", meinte Ben.

„Ich weiß, dass du das kannst. Danke, Teufelchen!"

Becky wuschelte dem Fehlerteufel sanft durch das blaue Fell. Und zu ihren Freunden gewandt sagte sie: „Seht ihr, wie gut es ist, dass ich das Buch *Chaos in der Schule* mit Frau Wimmelmeyer und dem Fehlerteufel gelesen habe? In jedem Buch steckt etwas, was einen im Leben weiterbringen kann. In diesem Fall ist es eben ein aufmüpfiges blaues Helferlein."

„Hörnchenstark!" Lotti fiepte aufgeregt. „Wir Pelztierchen müssen zusammenhalten!"

Das Filmteam rund um Joe Schmackes ging offensichtlich in die entscheidende Phase. Jetzt musste der Film in den Kasten.

„So, Leute, war super bisher. Total coole Moves. Ihr habt megagefährlich und total beeindruckend ausgesehen. Aber nun sind die Proben vorbei. Jetzt müssen wir beginnen", rief Assistent Manfred den Zwergen, Kobolden, dem Rumpelstilzchen und Prinz Alvar zu. „Es geht mit unserem Kinderfilm los ..."

„Wir sind keine Kinder, wir sind gefährlich", knurrte ein dicker Kobold. „Gleich hau ich dir mein Schwert auf die Nase, du blöder Mensch."

Der Assistent stöhnte. „Das ist schon wieder der falsche Text. Du haust niemandem das Schwert irgendwohin, sondern ..."

„Ruhe!", brüllte Joe Schmackes. So laut, dass es sogar die Kinder auf dem Brunnenrand traf wie ein Schlag. Er klopfte auf sein Drehbuch, blätterte kurz und las die erste Seite. „Alles hört auf mein Kommando! Und alles auf Anfang. Klappe eins für den ... ähm ... Fantasyfilm *Prinz Alvar, der Retter der Welt.*"

Ein sichtbarer Ruck ging durch den Prinzen und seine Gefolgschaft. Die gemeinen Wesen senkten ihre Säbel, Dolche und Messer und sahen Prinz Alvar ehrerbietig an.

„Prinz Alvar, der Retter der Welt", wiederholte der Prinz und strich sich über sein glänzendes Wams. „Das hört sich ... durchaus ansprechend an. Ja, ich kann mir vorstellen, dass meine Gefolgschaft und ich diesem Werk gern unsere Unterstützung anheimstellen würden."

„Anheim... was?" Manfred tippte sich mit dem Zeigefinger an die Stirn. Kopfschüttelnd blätterte auch er in dem vom Fehlerteufel heimlich geänderten Drehbuch, ließ sich seine Überraschung aber nicht anmerken. „Leute, Schluss mit den Faxen. Auf eure Positionen. Klappe eins von ... ähm ... *Prinz Alvar, der Retter der Welt.*"

„Kamera läuft", rief Joe Schmackes.

„Der Ton natürlich auch, ihr Herzchen", sagte Lizzy.

7. Kapitel

Sportwagen und Geistesblitze

Was für ein Chaos", prustete Hugo. „Na, das kann ja noch lustig werden."

„Lustig wäre schön. Viel besser als wüst", gab Becky zurück.

Mo verschränkte die Arme und blickte zum Filmteam. „Seht doch, meine Freunde, wie Prinz Alvar sich aufplustert, um seine Wichtigkeit hervorzuheben."

Wie ein Gockel baute sich der Prinz vor Joes Kamera

auf, wartete allerdings nicht, bis Lizzy das Mikrofon ausgerichtet hatte, sondern wiederholte viel zu früh den Text, den Assistent Manfred ihm zuraunte.

Das Rumpelstilzchen, das laut Drehbuch den Diener des Prinzen spielen sollte, weigerte sich lautstark, stampfte mit den Füßen und kreischte: „Wo ist mein Feuer? Ich brauche ein Feuer, um das ich tanzen kann."

„Ruhe!", brüllte Joe Schmackes und raufte sich verzweifelt die Haare.

Manfred versuchte, die Kobolde und Zwerge zusammenzuscheuchen.

„Riesenchaos!", wiederholte Hugo.

„Wuff, wuff." Watson jaulte. „Katastrophe."

„Knackige Marone, das wird nie ein Film", meinte Lotti.

Becky und ihre Freunde überlegten gerade, wie sie eingreifen konnten, als ein Sportwagen mit quietschenden Reifen auf die Kiesauffahrt von Schloss Rosenbolt bog und in unmittelbarer Nähe des Brunnens zum Stehen kam. Die Türen wurden aufgerissen und Professor Librum, Molly und Beatrice Schnabel stiegen aus dem Fahrzeug.

„Oje, die hatte ich ganz vergessen. Es ist längst Mittagszeit“, flüsterte Hugo dem ziemlich lebendigen Brunnenfrosch und dem Fehlerteufel zu. „Die Erwachsenen dürfen kein einziges magisches Wesen als solches erkennen. Auf gar keinen Fall, hat Pepper gesagt.“

Knacks konnte sich gerade noch rechtzeitig wieder in den regungslosen Steinfrosch verwandeln und der Fehlerteufel legte sich so über den Brunnenrand, dass er wie ein Plüschtier aussah.

„Becky? Hugo? Was ist denn hier los?“, fragte Professor Librum erbost und deutete erst auf Mo, dann auf die Zwerge, die Kobolde, das Rumpelstilzchen, Prinz Alvar und schließlich auf das Kamerateam. „Ich verlange eine Erklärung.“

„Hallo, Papa“, murmelte sie.

„Hallo, Mama“, flüsterte Hugo.

„Hallo, Tante Beatrice“, sagte Ben.

Beatrice Schnabel warf einen kurzen Blick auf die Bücher *Filmdreh auf Burg Klotterfels* und *Chaos in der Schule*, dann auf Mo und den Fehlerteufel. Als Brunnenfrosch Knacks ihr heimlich zuzwinkerte, war für die Sekretärin von Professor Librum und langjährige Freundin von Beckys Mama Olivia alles klar. Immerhin war sie als Kind selbst beinahe täglich in der magischen Bibliothek gewesen, kannte Genoveva, Ferdinand, Pepper und die anderen magischen Wesen im Schloss. Und sie wusste ganz genau, wie man Figuren aus Büchern heraus- und sich selbst in Geschichten hineinlesen konnte.

„Oh, Professor", flötete Beatrice. „Ich habe wohl ganz vergessen zu erwähnen, dass hier ein Filmdreh für eine ..."

„... fantastische Geschichte ...", rief Becky.

„... für eine fantastische Geschichte stattfindet", wiederholte Beatrice und lachte aufgesetzt. „Ach, herrje, die Universität hatte längst zugestimmt und ich hatte noch vor, Sie zu fragen, ob auch Sie dem Dreh hier im Schlosspark zustimmen. Wie konnte ich das nur vergessen? Die Kostüme der ..." Sie wedelte nervös mit der Hand.

„Die Kostüme der Schauspieler sind genau dem Drehbuch angepasst", ergänzte Hugo. „Sie spielen Zwerge, Kobolde, eine Art Waldschrat und einen Prinzen."

„So ist es", sagte Beatrice. Sie deutete auf Mo. „Und dieser junge Mann stellt einen ... ähm ..." Hilflos sah sie zu Becky und ihren Freunden.

„Dieser junge Schauspieler heißt Mo, also, das ist sein Künstlername", erklärte Ben. „Er stellt einen Jungen dar, der auf seinem fliegenden Teppich unterwegs ist."

„Richtig, ich danke dir. Und das ist übrigens Ben, mein Neffe." Beatrice deutete auf Ben. „Ich hatte ihm aufgetragen, während der Dreharbeiten mit Becky und Hugo für ... nun ja ... für Ruhe und Ordnung zu sorgen. Damit auch niemand etwas aus dem Schloss entwendet", setzte sie schnell hinzu.

„Wuff", bellte Watson.

Lotti blinzelte Professor Librum unschuldig an und knabberte hingebungsvoll und schweigend an einer Haselnuss.

Beckys Vater runzelte die Stirn, ging um den Brunnen herum und pikte mit seinem Zeigefinger in den Bauch des Fehlerteufels. Becky und ihre Freunde beobachteten, wie das aufmüpfige Tierchen die Luft anhielt, um nicht loszubrüllen oder dem Professor in den Finger zu beißen. Becky schnappte sich den Fehlerteufel und streichelte ihn beruhigend.

„Mein neues Kuscheltier. Das hat Hugo mir geschenkt."

Hugo nickte. „Genau. Ein ... Blaubär."

„Ein Blaubär?" Professor Librum sah verblüfft zu Becky, Hugo, ihren Haustieren, musterte Ben und Mo und blickte dann wieder auf das blaue Felltierchen.

Molly, Hugos Mama, zuckte mit den Schultern. Ihre Unterlippe bebte, als würde sie gleich losprusten. Offensichtlich fand sie die ganze Situation sehr erheiternd.

„Oha", meinte Professor Librum. „Eine fantastische Geschichte, die in unserem Schlosspark gedreht wird. Faszinierend. Brauchen Sie nicht noch einen gut erhaltenen Professor, der eine winzige Rolle spielt?" Er nestelte verlegen an seinem Pullover. „Ich wäre nicht abgeneigt."

Becky räusperte sich. „Super Idee, Papa. Aber so ein Filmdreh ist eine heikle Sache und steht schon lange vorher fest. Da kann man nichts mehr dran ändern, vor allem nicht an der Besetzung."

„Absolut", wiederholte Hugo.

„Dann ist es wohl erwünscht, dass wir uns ins Schloss zurückziehen?", fragte Molly.

„Macht das lieber, Mama", gab Hugo zurück. „Und nimm den Professor gleich mit."

„Kommt ihr dann auch zum Essen?", fragte Molly. „Ihr könnt eure Freunde gern mitbringen."

Becky hüstelte. „Oh ... äh ... nein, danke, Molly. Wir haben schon gegessen."

„Also ich nicht", brummte Hugo.

Doch bevor er weiterreden konnte, trat Becky ihm zielsicher auf den Fuß. „Hugo", zischte sie. „Für so was haben wir jetzt keine Zeit."

„Auaa ... also, ich meine ... stimmt", japste Hugo und rieb sich die Zehen. „Hatte ich voll vergessen, Mama. Ja klar, Becky hat recht. Wir haben schon gegessen. Längst."

Molly runzelte die Stirn. „Na, wenn ihr meint. Dann bereite ich nur etwas für Ignaz, Beatrice und mich vor."

„Sehr gern, ich komme gleich nach. Ich muss noch kurz ein Wörtchen mit meinem Neffen reden", rief Beatrice Professor Librum und Molly zu.

Während Beckys Vater und Hugos Mama im Schloss verschwanden, ließ sich Ben schnaufend auf dem Rand des Brunnens nieder.

„Das war knapp." Hugo kratzte sich am Kopf. „Mein Fuß ist jetzt platt." Er rieb sich die Zehen und streckte Becky die Zunge heraus.

„Wir haben eine Mission. Da ist keine Zeit zum Essen", gab sie ungerührt zurück.

Beatrice deutete auf die Zwerge und Kobolde, die schon wieder durch den Park rannten, miteinander balgten oder versuchten, den Bannkreis zu umgehen. „Du meine Güte, ihr Lieben, was ist denn hier los?" Sie spähte zum Kamerateam. „Euren Büchern und den merkwürdigen Gestalten nach zu urteilen, hat sich ein beachtlicher Teil der magischen Welt in den Schlosspark verirrt. Was, um Himmels willen, ist passiert? Und was habt ihr mit diesen Filmleuten vor?"

Es dauerte nicht lange, bis Ben seine Tante eingeweiht hatte.

„Ich kann nur inständig hoffen, dass sich Glimmeria irgendwas überlegt, damit sich Prinz Alvar und sein Trupp mal wieder für einen Moment beruhigen", brummte Becky. „Ich kann so einfach nicht nachdenken, wie es weitergehen soll."

Kaum hatte sie ausgesprochen, rumpelte ein bunter Bus mit der Aufschrift *Glimmerias Catering bei Film und Co. Magisch und auch lecker so!* den Kiesweg entlang, hielt an und fuhr eine Markise aus. Joe Schmackes, seinen Mitarbeitern und den magischen Wesen wurde ein ausgiebiges Mittagessen mit allerlei Köstlichkeiten serviert. Zufriedene Stille breitete sich aus.

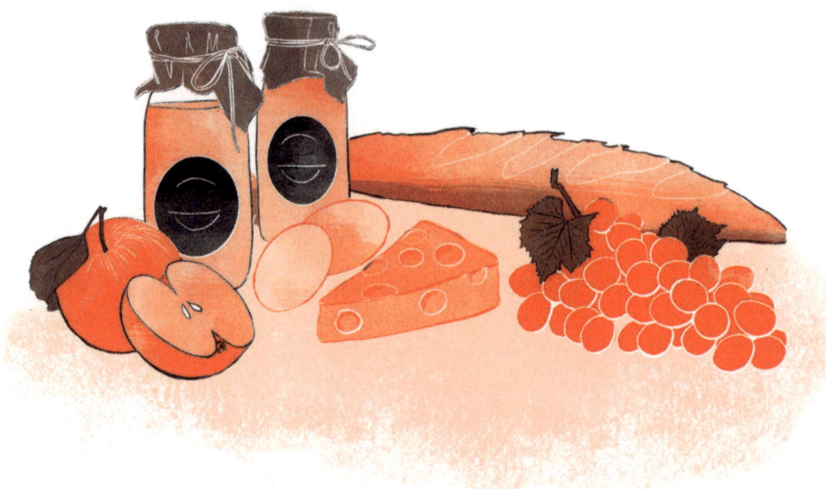

Auch am Brunnen machte der Bus halt und ein wortkarger Mann stellte eine Kiste mit Getränken, Broten, Obst, Nüssen für Lotti und zwei Würstchen für Watson auf den Boden. Dann rauschte der Wagen wieder davon.

„Endlich!“ Hugo stöhnte.

„Hört zu, wir müssen es irgendwie schaffen, die Truppe aus der magischen Welt wieder dorthin zurückzulesen“, flüsterte Becky.

„Das wird nicht leicht werden“, entgegnete Mo. „Die fiesen Wesen haben einen Pakt geschlossen. Und laut diesem wollen sie Königin Pomeranza entmachten. Prinz Alvar ist schlau, er macht bei diesem Film bestimmt nur mit, weil er insgeheim auf eine Chance hofft, ins Schloss zu gelangen.“

„Hörnchenfies!“, fiepte Lotti.

„Dann müssen wir einfach schlauer sein“, meinte Becky. „Wir müssen sie alle an einem Ort versammeln und mit dem *Buch der Bücher* wieder in die magische Welt schicken. Ob sie wollen oder nicht.“

„Möglichst an einen Ort, von dem sie nicht gleich wieder abhauen können.“ Hugo sah sich im Schlosspark um, bis seine Augen plötzlich leuchteten. „Ich hab's! Der Irrgarten! Der hat nur einen Ein- und einen Ausgang, die man bestimmt beide verschließen kann. Gordon Pozwack, der Flattergeist, müsste Prinz Alvar und seine Leute dort ablenken und aufhalten. Wir könnten uns irgendwo verstecken und die ganze Mannschaft zurück in die magische Welt schicken."

„Genial!" Becky knuffte ihrem Freund in die Seite.

„Das könnte klappen." Ben nickte.

„Wenn ihr gestattet, dass ich eine Frage stelle?" Mo wiegte den Kopf hin und her. „Warum sollten edle Kämpfer, und für solche halten sich der Prinz und sein Gefolge, einen Irrgarten betreten? So etwas betrachten diese Herrschaften gewiss als Kinderkram."

Becky, Hugo, Ben, Watson, Lotti, Knacks, der Fehlerteufel und Beatrice sahen den Teppichjungen erstaunt an.

„Mo hat recht." Beatrice verschränkte die Arme. „Bisher gibt es einen Fehler in diesem Film."

Alle hielten gespannt den Atem an.

„Es sind lauter Männer", erklärte Beatrice.

„Häh?", fragte Knacks Frosch.

„Häh?“, wiederholte der Fehlerteufel.

Becky verdrehte die Augen. „Das heißt nicht ‚Häh?‘, sondern ‚Wie bitte?‘.“

„Klingt ganz nach Genoveva.“ Beatrice lächelte. „Wenn ihr mich fragt, werden sich die Schauspieler, allen voran Prinz Alvar, bald fragen, um was sie in diesem Fantasyfilm eigentlich kämpfen. Dann werden sie die Lust verlieren und sich wieder ihrem Plan zuwenden, die Königin zu finden. Und dagegen müsst ihr schleunigst etwas unternehmen. In den meisten Geschichten geht es doch immer um Macht oder um Liebe. Die Liebe, nach der man sucht. Liebe, die erwidert oder eben nicht erwidert wird. Liebe, um die man kämpfen muss. Und deshalb wäre es sinnvoll, wenn ihr noch eine weibliche Hauptrolle ins Spiel bringt. Eine Dame, um die Prinz Alvar als Filmheld kämpfen muss.“

Ben sah seine Tante bewundernd an. „Mega!“

Mo stand auf und verneigte sich vor seinen Freunden. „Wenn ich Ali Baba, den Meister der vierzig Räuber, zitieren darf? ‚Es lohnt sich immer, um eine Frau zu kämpfen.‘“

Becky, der man deutlich ansah, dass es in ihrem Gehirn

ratterte, schnipste auf einmal mit den Fingern. „Was für eine großartige Idee, Beatrice! Ich glaube, ich hab die Lösung. Und natürlich hängt sie wieder mit einem Buch zusammen."

Alle blickten Becky erwartungsvoll an.

„Wer lesen kann, ist klar im Vorteil!" Becky kicherte und deutete auf Ben und Mo. „Ihr müsst noch einmal in die magische Bibliothek. Wir brauchen das Märchen von Dornröschen, das habe ich erst vor Kurzem zurückgebracht. Das Märchen passt genau zu unserem Plan: Wenn wir Dornröschen aus dem Buch herauslesen, kann es sich im Irrgarten hinter den hohen Dornenhecken verstecken. Und Prinz Alvar und seine Helferlein müssen großen Mut beweisen und sie furchtlos befreien ..."

„... und tappen dabei selbst in die Falle", kombinierte Hugo.

„Knochenstark!", bellte Watson und jaulte auf. „Sehr guter Plan!"

Becky straffte die Schultern. „Mo und Ben starten

jetzt gleich in die Bibliothek und holen das Märchenbuch. Das *Buch der Bücher* ist viel zu kostbar, das bringt ihr bitte erst später mit. Nicht dass es in falsche Hände gerät. Das wäre viel zu gefährlich! Stellt euch nur vor, was Prinz Alvar und seine Gefolgschaft alles mit dem Buch anstellen könnten. Sie könnten alle Wesen aus dem Werk herauslesen und in eine dunkle Höhle verbannen. Oder sich in das Buch der Bücher hinein- und alle anderen hinauslesen. Oje, da gibt es viele grässliche Möglichkeiten. Und dem Prinzen traue ich alles zu", sagte Becky. „Hugo, Watson, Lotti und ich besuchen währenddessen Gordon Pozwack und weihen ihn in unser Vorhaben ein. Und zuvor lese ich fix noch den Fehlerteufel zurück in seine Geschichte. Los, die Zeit läuft!"

„Fabelhaft!" Beatrice klatschte in die Hände. „Ich beneide euch. Was gäbe ich darum, noch einmal ein Kind zu sein und meine alten Freunde in der magischen Bibliothek wieder besuchen zu können. Jedes Buch dort war ein Abenteuer, die reinste Freude, eine Bereicherung." Sie seufzte. „Leider darf ich euch bei eurer Mission nicht unterstützen. Ich sage es ja immer wieder: Das Leben als Erwachsene ist so langweilig. Ach, ihr Kinder seid für alles, was Magie ist, viel offener! Aber eine Sache kann ich als Erwachsene übernehmen: Ich kann dem Filmteam ankündigen, dass schon bald eine ganz berühmte Schauspielerin auftaucht. Die weibliche Hauptrolle hätte sich ein bisschen verspätet, werde ich ihnen weismachen. An die Arbeit!"

Mit energischen Schritten lief Beatrice auf Joe Schmackes zu, während sich Mo und Ben erneut mit dem fliegenden Turboteppich in die Bibliothek aufmachten.

Im Verborgenen …

„Fette Spitzmaus, das hast du großartig gemacht!“ Pepper sah die zarte Fee Glimmeria bewundernd an. „Mit der Essenslieferung hast du endlich Ruhe in die Lage unten im Schlosspark gebracht.“

Königin Pomeranza nickte. „Ein genialer Schachzug, meine Liebe. So haben die Kinder Zeit gewinnen können, um sich Gedanken zu machen.“

Glimmerias Wangen färbten sich rot. „Wenn Herr Nase uns nicht von den Gesprächen berichten würde, die unten am Brunnen geführt werden, wäre ich nie auf die Idee gekommen."

„Bestes Teamwork also. Magische Wesen halten zusammen", meinte Genoveva. „Und dass unsere liebe Beatrice sich noch so lebhaft an uns alle erinnert, rührt mein Herz."

Lady Botterblom nickte. „Sie und Olivia, Beckys Mama, waren mir die liebsten Kinder, die damals hier in der Bibliothek waren."

„Becky ist genau wie ihre Mutter", stellte Lady Rose fest. „So schlau und hübsch und reizend."

„Bei der köstlichen Käseecke, genug getratscht", maunzte Pepper. „Ben und Mo werden gleich hier sein. Wo ist denn das benötigte Buch aus der Märchenabteilung? Du bist die Abteilungsleiterin, Genoveva. Wo steckt *Dornröschen?*"

Eilig raffte Genoveva ihr ausladendes Kleid und schwebte zu dem Regal, in dem sie das Buch vermutete. Doch zu ihrem Erstaunen ... war es verschwunden.

„Herrje, das gibt es nicht. Das kann nicht sein“, jammerte Genoveva. „Ich bin sicher, dass ich es hier reingestellt habe. Becky hatte es gelesen, danach sah es wieder aus wie neu, daran erinnere ich mich genau.“

„*Dornröschen* ist weg?“, rief Lady Greenie. „Ein Drama!“

„Das *Dornröschen* fehlt?“ Lady Rose hielt entsetzt die Hände an die Schläfen.

Lady Botterblom wirbelte um die Regale herum. „Es ist weg. *Dornröschen* ist verschwunden. Das Buch ist nicht da!“

Genoveva tupfte sich mit ihrem Spitzentaschentuch die Stirn ab und trippelte nervös durch die Bibliothek. „Möglicherweise habe ich es in eine der Glasvitrinen gelegt? Zu den Bilderbüchern? Weil es so ein besonders schönes Werk ist?“

Aber auch hier fand sie kein *Dornröschen*. Fehlanzeige!

Hektisch suchten Genoveva und Pepper, Glimmeria und die Buxies nach dem Märchen, bis Ferdinand auf einmal verschämt hinter einem Regal auftauchte. Er hielt ein aufwendig illustriertes Buch in seinen Blechhänden.

„Hör öst das Buch. Hör öst *Dornröschen*. Öch hatte es mör nur mal kurz ausgeborgt."

Genoveva hob die Brauen. „Du kannst doch gar nicht lesen, mein Bester."

Ferdinand nickte, hielt Genoveva das Märchenbuch hin und verbeugte sich tief. Tiefer. Noch tiefer.

Viel zu tief, denn sein Blechkopf donnerte auf den Boden und rollte zwischen den Regalen entlang.

„Hoppla", rief der kopflose Ritter und marschierte scheppernd los, um sein fehlendes Körperteil einzusammeln.

Genoveva konnte ihm gerade noch das Märchenbuch aus den Händen nehmen.

„Hab öhn", rief Ferdinand kurze Zeit später und presste den Helm wieder auf die Rüstung. „Öch kann nöcht lesen, das stömmt. Aber Becky hat mör dö Geschöchte vorgelesen. Und öch sehe mör so gern dö Bölder von Dornröschen an. Sö öst so ...", er seufzte tief, „so entzückend!"

„Ach, mein lieber, lieber Freund." Genoveva herzte den

Blechritter liebevoll. „Dann darfst du später ganz nah am Fenster stehen, wenn Becky oder Hugo sie aus dem Märchenbuch herauslesen. Und wer weiß, vielleicht kommt das Dornröschen uns später noch in unserer Bibliothek besuchen."

„Oh", hauchte Ferdinand. „Oh. Das wäre ... öch weiß gar nöcht, was öch sagen soll. Oh, bötte!"

„Das hört sich beinahe so an, als wäre unser Ferdinand ein bisschen verliebt", flüsterte Glimmeria.

Der Blechritter seufzte tief. „Ein bösschen? Unsterblöch! Schon seit dem Tag, an dem öch öhr Böld zum ersten Mal gesehen habe."

„Lieber Ferdinand, wie reizend." Lady Rose streichelte Ferdinands Rücken. „Dann solltet ihr euch endlich kennenlernen."

„Mal sehen, mal sehen", maunzte Pepper. „Bei der köstlichen Spitzmaus, wo bleiben denn die Jungen? Sie müssen endlich loslesen, bevor dieser Alvar noch auf dumme Gedanken kommt."

„Zur Stelle!", rief Ben, während er mit Mo auf dessen Teppich zwischen den Regalen hervorschwebte.

„Wir sind so schnell geflogen, wie mein treues Flugobjekt konnte.“ Mo tätschelte den Teppich liebevoll. „Aber heute muss er wirklich viel arbeiten und er ist auch nicht mehr der Jüngste.“

„Das kenne ich“, brummte Pepper.

Genoveva reichte Ben das Märchenbuch. „Hier ist es. Viel Erfolg, ihr Lieben!“

8. Kapitel

Feen und Dornröschen

Becky sah Hugo, der das Märchenbuch in den Händen hielt, in die Augen. „In unseren letzten Abenteuern habe ich das Herauslesen übernommen, jetzt bist du dran. Du schaffst das, Hugo. Ich glaube an dich. Wir alle glauben fest an dich!"

Hugo lächelte unsicher, ließ sich auf dem Brunnenrand nieder und las sich die Geschichte mehrmals durch. Becky linste mit Ben und Mo immer wieder nervös zum

Filmdreh hinüber, von wo lautes Geschrei zu ihnen drang.

„Kannst du eigentlich auch mal deinen Text sprechen, Prinzchen?“ Lizzy fummelte genervt mit dem Mikrofon vor Prinz Alvar herum. „Wir drehen hier doch keinen Stummfilm.“

„Ein Prinz muss nicht reden, sondern imponierend aussehen und mit dem Schwert umgehen können“, gab Prinz Alvar pampig zurück.

„Na ja.“ Manfred schüttelte verzweifelt den Kopf. „Lizzy hat recht. Du solltest bis spätestens morgen deinen Text lernen, sonst wirst du gefeuert und wir suchen uns einen anderen Prinzen.“

Joe Schmackes nickte. „Das trifft auch auf alle anderen zu. So ein paar Zwerge oder Kobolde buchen wir leicht bei einer anderen Agentur. Alles nur eine Frage des richtigen Kostümbildners und der Maske. Wenn ihr also eure Gage bekommen wollt, dann strengt euch an.“

„Was ist ein Kostüm? Und welche Maske?“, fragte ein Zwerg.

Joe tippte sich mit dem Zeigefinger an die Stirn.

„Und was bedeutet Gage?“, wollte das Rumpelstilzchen wissen.

„Geld, Herzchen“, gab Lizzy zurück. „Knete, Moos, Mäuse, Kröten, Kohle, Moneten, Gold, Münzen, Zaster, Taler, such dir was aus.“

„Münzen? Gold?“ Die Zwerge und Kobolde bekamen leuchtende Augen. „Her damit!“

Das Rumpelstilzchen jubelte. „Wer braucht schon das Kind einer Müllerstochter, wenn er stattdessen Gold haben kann?!“

Joe deutete auf seine Kamera. „Es geht erst an die Bezahlung, wenn alles im Kasten ist. Und wenn ihr endlich mal euren Text gelernt habt, ihr Anfänger. Also los, noch einmal von vorne!“

Während am Set wieder und wieder der Text durchgesprochen wurde, den Prinz Alvar und seine Gefolgschaft aufsagen mussten, waren Hugo die passenden Ergänzungen für das Märchen eingefallen.

„Okay, wir können anfangen.“

„Boah, das wurde aber auch mal Zeit, bei der knackigen Kokosnuss“, knurrte Lotti. „Wenn wir nicht bald das Dornröschen ins Spiel bringen, hauen sich die Zwerge und das Filmteam noch die Nasen platt."

„Ruhe, Lotti", kläffte Watson. „Hugo ist bereit."

Hugo atmete tief ein, schlug das Märchenbuch auf und las:

„Vor langer, langer Zeit lebte ein König mit seiner Frau ... und die Frau gebar ein Mädchen. Es war so schön, dass der König es vor Freude nicht fassen konnte und ein großes Fest veranstaltete. Er lud nicht bloß seine Verwandten, Freunde und Bekannten, sondern auch die weisen Feen dazu ein, damit sie dem Kind Glück brächten. Es waren dreizehn Feen an der Zahl. Da er aber nur zwölf goldene Teller besaß, musste eine von ihnen fernbleiben ..." Hugo ließ ein paar Sätze aus und fuhr fort:

„Als das Fest zu Ende war, beschenkten die Feen das Kind mit ihren Zaubergaben. Da erschien plötzlich die dreizehnte Fee im Saal. Sie wollte sich dafür rächen, dass sie nicht eingeladen war: ‚Die Königstochter soll sich an einer Spindel stechen und tot niederfallen', sprach sie." Hugo holte tief Luft und las weiter: „Alle waren erschrocken, doch da trat die zwölfte Fee hervor, die ihren Wunsch noch hatte, und sprach: ‚Es soll kein Tod sein, sondern ein hundert Jahre währender Schlaf, in welchen die Königstochter und das ganze Land verfallen.'" Wieder übersprang Hugo einen Teil und fabulierte neue Wendungen hinzu: „Es geschah an jenem Tage, als der König und die Königin nicht zu Hause waren und das Mädchen ganz allein im Schloss zurückblieb. Da landete sie mit einem Mal im Park von Schloss Rosenbolt, in dem gerade ein fantastischer Film gedreht wurde, in dem das Mädchen, das eine großartige Schauspielerin war, die Hauptrolle spielen sollte, und ..."

Eigentlich wollte Hugo noch ein paar Zeilen hinzudichten, doch das Märchenbuch in seinen Händen bebte plötzlich heftig, bäumte sich auf, zuckte und knisterte.

„Das ist gemein! Nicht immer das Dornröschen", drang eine düstere Stimme aus den Buchseiten. „Das werdet ihr bereuen. Ich wusste, dass alle gegen mich sind. Von Anfang an. Aber ich habe es geahnt und mich gegen euch verbündet. Ihr werdet es büßen, dass ich schon wieder ausgeladen worden bin!“

Erschrocken ließ Hugo das Buch auf den Rasen fallen. „Was ... was war das?“ Er sah Becky, Ben und Mo an. „Wart ihr das? Wollt ihr mich veräppeln? Hat jemand von euch seine Stimme verstellt?“

Die Freunde kamen gar nicht dazu, eine Antwort zu geben, denn in diesem Moment tauchte vor ihnen eine bezaubernde junge Frau auf. Ihr Gesicht war märchenhaft makellos, die Wangen pfirsichrot und die Augen blau wie ein strahlender Sommerhimmel. Die zarte Dame trug ein bodenlanges rotes Kleid, die langen blonden Haare kringelten sich.

„Verzeiht, meine Lieben. Könntet ihr mir sagen, wo nach meinen Schauspielkünsten verlangt wird?", flötete sie.

Hugo, Ben und Mo schnappten nach Luft und starrten die Frau wortlos an. Auch Watson, Lotti ebenso wie der Brunnenfrosch schwiegen verblüfft.

Becky betrachtete ihre Freunde kopfschüttelnd. „Hallo? Seid ihr verstummt? Das war eine Frage!" Und zu der jungen Frau gewandt: „Ich bin Becky und du bist Dornröschen, nicht wahr? Hättest du etwas dagegen, wenn ich dich von nun an Rosi nenne? So sollst du dich nämlich gleich auch ein paar weiteren Leuten vorstellen."

Als Dornröschen schüchtern den Kopf schüttelte, fuhr Becky fort: „Dort vorn ist unser Kameramann Joe Schmackes, da musst du hin. Der Typ ist ganz schön streng, aber das ist in diesem Fall genau richtig. Bevor du zum Filmdreh gehst, möchte ich dir noch ein kleines Geheimnis verraten." Becky trat neben Dornröschen und flüsterte ihr etwas ins Ohr. „Den Rest wird dir der Assistent Manfred erklären. Viel Glück, Rosi."

„Danke, Becky." Rosi lächelte. „Noch mal zum Verständnis: Ich bin ab jetzt also nicht mehr Dornröschen, sondern die coole Rosi, und spiele in einem fantastischen Film mit? Die Sache mit der Spindel lassen wir aus Zeitgründen weg, die blöden Hecken bleiben, aber immerhin haben sie keine Stacheln mehr. Ich muss auch nicht mehr so lang schlafen, sondern kann gleich verzückt aufwachen. Das kommt mir sehr entgegen, denn vom vielen Schlummern habe ich immer fürchterliche Augenringe bekommen und meine Frisur war völlig im Eimer." Das Dornröschen strahlte. „Und ich soll dem Prinzen schöne Augen machen. Das kann ich, das klappt bei meinem Märchenprinzen auch immer hervorragend." Zum Erstaunen aller ballte die zarte Frau kraftvoll die Faust und reckte sie in die Höhe. „Für unsere Königin und den Frieden

in der magischen Welt! Ich werde meine Rolle so gut wie nur möglich spielen, damit dieser verhängnisvolle Pakt des Prinzen und der Wesen scheitert!“

Rosi winkte den Kindern zu und lief leichtfüßig durch den Park. Hugo, Ben und Mo sahen ihr wie hypnotisiert hinterher.

Becky drehte sich zu ihren Freunden um, steckte die beiden kleinen Finger in den Mund und pfiff schrill. „Leute? Lebt ihr noch?“

Grinsend beobachtete Becky, wie sich die Blicke der drei Jungen langsam vom Dornröschen lösten und sich wieder Becky zuwandten.

„Ob sie wohl mit mir auf meinem Teppich davonschweben mag?“, hauchte Mo verträumt.

„Hammer“, meinte Ben.

Hugo hob den gestreckten Daumen.

„Jungs, Dornröschen ist eine Nummer zu groß für euch. Wenn ihr euch wieder eingekriegt habt, sollten Hugo und ich schleunigst zum Irrgarten und mit Gordon sprechen“, schlug Becky vor. „Wir nehmen nur Watson und Lotti mit.“

„Welche Aufgabe haben wir denn dann?“ Mo legte sich bäuchlings auf seinen Teppich.

„Auf jeden Fall nicht einfach faulenzen.“ Hugo grinste. „Ihr müsst die Kerle und das Filmteam genauestens beobachten. Wenn es Ärger gibt, lasst euch etwas einfallen.“

Becky nickte. „Ich habe Rosi in unseren Plan eingeweiht, sie weiß, dass Königin Pomeranza sich wünscht, dass sie bei diesem Filmdreh alles gibt. Rosi ist schlau, sie wird die Kerle leicht um den Finger wickeln. Und wenn sie erst angebissen haben, zieht Rosi sich in den Irrgarten zurück. Uns bleibt nicht viel Zeit!“

Im Verborgenen …

Dornröschen öst wörklöch zauberhaft! Aber völ zu jung für einen alten Blechkerl wie möch."

Ferdinand presste seinen Helm fest an die Scheibe, um besser sehen zu können. Auch Königin Pomeranza, Genoveva und die anderen Wesen in der magischen Bibliothek spähten in den Schlossgarten.

Eine Weile beobachteten sie, wie die junge Frau im roten Kleid anmutig über die Wiese im Schlosspark schritt und sich zum Kamerateam gesellte. Kaum war Dornröschen dort angekommen, schien sich die Lage augenblicklich zu entspannen. Prinz Alvar verneigte sich huldvoll vor der Dame, die Kobolde, Zwerge und das Rumpelstilzchen waren sofort in ihrem Bann.

Genoveva spitzte die Lippen. „Sehr gut, fein ausgedacht. Dornröschen sorgt dafür, dass die Herrschaften sich endlich benehmen.“

„Herrlich, dass Becky ihr den Namen Rosi verpasst hat“, freute sich Herr Nase, der – wie immer – alle Gespräche im Schlosspark belauscht und davon in der magischen Bibliothek erzählt hatte.

„Bald werden sich alle zum Irrgarten aufmachen. Hoffentlich können Becky, Hugo, Mo und Ben noch alles rechtzeitig arrangieren“, fieberte Königin Pomeranza mit.

„Verkatert und zugebissen, leider werden wir das von hier aus nicht sehen können“, ärgerte sich Pepper. „Und die Bibliothek verlassen können wir auch nicht.“

„Wirklich nicht? Das würde meine Stimmung aufhellen.“ Lady Greenie hob flehend die Hände.

Pepper fauchte leise. „Du weißt genau, dass kein Erwachsener uns Wesen entdecken darf. Das hat Graf Bolte immer wieder betont."

„Was würde eigentlich passieren, wenn uns … der Professor entdecken würde?", murmelte Lady Botterblom.

„Gemach, gemach", wisperte Genoveva erschrocken. „Sprich diesen Gedanken nicht so unüberlegt aus, meine Liebe!"

Pepper maunzte leise. „Dann würden wir in die Bücher zurückkehren müssen, aus denen wir herausgelesen wurden. So wie Mo es später tun wird, deshalb darf er sich Beatrice Schnabel auch zeigen. Aber wir würden nie wieder gemeinsam hierher zurückkehren können. Nie mehr könnten wir als wunderbare Gemeinschaft in der magischen Bibliothek zusammenkommen."

„O nein, Katerchen!" Genoveva wedelte mit ihrem Spitzentaschentuch. „Ich kann und möchte auf meine Freundinnen und Freunde hier niemals verzichten." Sie warf den Steinfiguren, den Buxies, Glimmeria, Ferdinand und Pepper der Reihe nach eine Kusshand zu. „Und auch auf die besondere Ehre, auf die wunderbaren, Mut machenden, spannenden, lustigen, berührenden und lehrreichen Bücher in dieser Bibliothek aufpassen zu dürfen, möchte ich nicht verzichten."

Lady Greenie zupfte verlegen an ihrem grünen Kleid. „Ihr habt ja recht. Entschuldigt bitte."

„Wir möchten die Bücher auch weiterhin beschützen!", riefen die anderen magischen Wesen feierlich im Chor.

Pepper nickte. „Dann sind wir uns einig. Keiner von uns kann hinuntergehen, wir müssen uns also auf Becky, Hugo, Ben und auf den Teppichjungen verlassen. Und das können wir auch! Sie haben sich bisher in allen Situationen als mutig, tapfer und schlau erwiesen. Obwohl wir jede Menge von ihnen verlangen. Vergesst nicht, sie sind trotz allem noch Kinder!“

„Gut gesprochen, Kater.“ Königin Pomeranza nickte andächtig. „Diese großartigen Kinder werden das Problem mit meinem temperamentvollen Cousin aus dem Nordland sicher zur vollsten Zufriedenheit lösen.“

„Hoffentlich“, wisperte Glimmeria mit Blick in den Schlossgarten und ließ einen glücksverheißenden Sternenregen die Fensterscheibe hinabregnen. „Ich wünsche euch alles Gute, Becky, Hugo, Ben und Mo!“

9. Kapitel

Flattergeist und Schlüssellöcher

Die Mittagssonne spiegelte sich auf der Wasseroberfläche im Seerosenteich des Parks. Die vielen Blumen in den Beeten leuchteten in prachtvollen Farben und der kleine Bach schlängelte sich murmelnd durch die Wiesen und an den kiesbestreuten Wegen entlang. Hier, im hintersten Teil des Schlossparks, war es herrlich ruhig und friedlich. Ganz anders als in der Nähe des Brunnens, wo Säbelrasseln, Geschrei und Kreischen zu hören waren.

„Ich verstehe nicht, warum diese Kobolde und Zwerge immer so rumbrüllen müssen“, meinte Becky. „Das ist doch gar nicht nötig für den Film.“

Hugo grinste. „Damit gleichen sie ihre Körpergröße aus. Klein, aber laut.“

Watson rannte mit Lotti über die Wiesen, schleppte heruntergefallene Äste an und steckte seine Nase in jedes Mauseloch. Lotti sprang immer wieder auf einen Baum und kletterte nach oben, kehrte aber meist mit leeren Pfoten zurück.

„Keine Nüsse mehr an den Bäumen. Hörnchenfies.“

Becky und Hugo hätten noch stundenlang so entspannt durch den Park laufen können, aber es war Eile geboten. Und so standen sie bald vor einer hohen grünen Wand. Diesmal mussten sie den Eingang des Irrgartens nicht lange suchen, schließlich kannten sie sich schon aus.

Becky schlüpfte in das Labyrinth, die anderen drei folgten. Schlagartig wurde es schattiger, die grüne Blätterwand verschluckte das helle Sonnenlicht.

Wieder war Hugo erstaunt, wie verzwickt es war, die richtigen Wege im Irrgarten zu finden. Ständig wurde sein Orientierungssinn getäuscht, jeder Weg glich dem anderen. Aber genau diese Umstände, die Unübersichtlichkeit des Irrgartens und die blickdichten Hecken, würden ihnen helfen, die Kobolde, Zwerge, das Rumpelstilzchen und Prinz Alvar zu überlisten.

Dieser Wirrwarr war genau die richtige Falle für die fiesen Kerle aus der Bücherwelt. Der passende Platz für den großen Showdown, wie er in keinem Fantasyfilm fehlen durfte.

Im Gegensatz zu Hugo bewegte sich Becky mit einer Leichtigkeit durch die verschlungenen Wege, als hätte sie einen eingebauten Kompass.

„Gordon? Gordon Pozwack, ich weiß, dass du hier bist. Wo steckst du?“ Becky hielt ihre Hände wie ein Sprachrohr um den Mund, damit sie auch in jedem Winkel des Irrgartens gehört werden konnte.

„Vielleicht schläft er?“, überlegte Hugo und legte einen Finger auf seine Lippen, während er Becky mit seinem Hund Watson durch die blättrigen grünen Gänge folgte. Lotti hockte mittlerweile gemütlich in Beckys Pullovertasche und streckte den Kopf heraus.

„Gespenster sind manchmal sehr eigen. Möchte er etwa nicht, dass wir ihn sehen?“

Hugo zuckte mit den Schultern. „Er war auch schon beim letzten Mal verschwunden, als ich dabei war. Möglicherweise ...“

„Was?“ Becky funkelte Hugo böse an. „Möchtest du damit sagen, dass du nicht an ihn glaubst? Und woher hatte ich dann bitte den verzauberten Schlüssel für die magische Welt?“

„Also ... na ja“, begann Hugo. „Ich könnte mir vorstellen, dass du ...“

Nach zahlreichen Sackgassen und Kreuzungen, Wegschleifen und Gabelungen wurde Becky plötzlich langsamer. Feuchter Nebel, dick und zäh wie Hafergrütze, kroch aus den Hecken. Doch statt sich darüber zu wundern, stieß Becky einen Jubelschrei aus.

„Das ist es, das ist sein Zeichen.“

„Welches Zeichen? Kannst du mir mal sagen, was ...?“

Hugo konnte seinen Satz nicht beenden, denn Becky stürmte einfach los, mitten hinein in die Nebelsuppe. Hugo hatte große Mühe, ihr zu folgen, aber Watson heftete sich mit geübter Nase an Lottis Streifenhörnchenduft und Beckys Fersen. Hugo wiederum versuchte, seinen Hund nicht aus den Augen zu lassen.

An einem kreisrunden Platz, der an allen Seiten von hohen Blättermauern umschlossen war und nur einen Ein- und einen Ausgang hatte, löste sich der Nebel allmählich auf. Nur noch einzelne Wölkchen schwebten über die moosigen Wege.

Vor einer steinernen Statue mit einem Engel stand eine hübsche Gartenbank aus dunklem Holz. Ein paar Fetzen Stoff, die nutzlos schienen, lagen darauf, als hätte jemand sie dort vergessen.

Becky schlich sachte näher, streckte die Hand aus und berührte den Stoff ganz zaghaft. Als sich nichts regte, versuchte sie es noch einmal, diesmal zupfte sie kräftiger.

„Gordon, das hier ist ein Notfall! Wir brauchen dich. Bitte zeige dich, wenn dir Schloss Rosenbolt und der Irrgarten etwas bedeuten. Bitte!“

Mit angehaltenem Atem beobachteten Becky, Hugo und ihre Haustiere, wie das stoffige Etwas allmählich in die Höhe wuchs, als würde es von einem unsichtbaren

Faden gezogen. Länger und länger streckte es sich nach oben und schwoll gleichzeitig zu einem seltsam geformten Körper an. Watson jaulte, Lotti hielt sich die kleinen Pfoten vor das Gesicht. Mit feuerroten Augen starrte das Stoffgespenst auf die kleine Versammlung vor der Gartenbank. Vor ihnen schwebte nun tatsächlich ein Gespenst! Ein wabernder weißer Geist in einem zerfetzten Kleid, das aussah, als wäre vor Kurzem ein Güterzug oder ein Auto darübergefahren.

„Grompf." Das Gespenst rasselte mit einem riesigen Schlüsselbund.

„Gordon, endlich!", stieß Becky erleichtert aus.

„Po-zwack. Zwick-Po. Ach-so." Lotti kicherte, als sie das Gespenst erkannte. Es war wirklich Gordon Pozwack, der Flattergeist, der ihr bei ihrer letzten Begegnung den verzauberten Schlüssel, den Türöffner zur magischen Welt, in die Pfoten gedrückt hatte.

Das Gespenst senkte den Kopf. „Becky und Lotti? Ohohohoholich!“

„Wir müssen reden“, sagte Becky. „Wir brauchen deine Hilfe, Gordon.“

„Pardonlich? Muss mich erst entfalten und flattern.“

Das Gespenst reckte und streckte sich, erhob sich in die Luft, wirbelte einmal um Becky herum, sauste pfeilgerade in den Himmel und im Sturzflug wieder herunter. Dann verbeugte es sich. „Hocherfreulich, liebe Becky. Und wen hast du mitgebracht? Du weißt doch, dass ich mich nicht so gern zeige.“

„Ich weiß, Gordon.“ Becky seufzte. „Aber heute sind wir in einer heiklen Mission da.“

Gordon flog dicht vor Hugos Gesicht. „Ich bin ein Flattergeist. Mein Name ist Gordon Pozwack.“ Er schepperte ausgiebig mit seinem Schlüsselbund. Etwa ein Dutzend uralte und teilweise fast schwarze Schlüssel, einer in schlechterem Zustand als der andere, klackerten metallisch. „Ist dieses Klimpern nicht wunderherrlich? Wir Flattergeister brauchen unsere Schlüssel sehr nötiglich.“

„Ach ja? Wozu denn?“, wollte Hugo wissen.

„Ich bin ihr Hüter." Gordon ließ seine roten Augen aufblitzen. „Immer wenn die Richtigliche kommt, erhält sie das Zauberliche. Wenn alles erledigt ist, löse ich mich wieder in Nebel auf."

„Häh?" Hugo verstand nur Bahnhof.

„Ist doch jetzt egal." Becky winkte ab. „Das können wir später klären. Jetzt sollten wir uns sputen. Also, hör zu, Gordon ..."

Mit Engelsgeduld erklärte Becky dem Gespenst die Lage, berichtete von den magischen Wesen, die Königin Pomeranza zu entmachten versuchten, vom Filmdreh und dem Dornröschen. Dabei gestikulierte Becky wild, rollte mit den Augen, stach wie mit einem unsichtbaren Dolch in die Luft und holte schließlich tief Luft. „Das ist die ganze Geschichte."

Hugo schnalzte mit der Zunge. „Alle Achtung, Becky. Das war wie Theater. Als würdest du ein Stück spielen."

„Sehr cool, wahuu", bellte Watson. „Ich habe genau verstanden, worum es geht."

„Meine Becky“, säuselte Lotti ergriffen.

„Ich wusste schon bei unserem ersten Treffen, dass sie die Richtigliche für heikle Missionen ist.“ Gordon wirbelte um die kleine Gruppe herum. „Jetzt möchtet ihr sicher Bescheidlich wissen, wie ich meinen Irrgarten versperre. Am Anfang und am Endlich.“

Becky und Hugo hatten auf der Bank Platz genommen, Watson hielt ein kleines Schläfchen darunter. Der Hund konnte zu jeder Zeit schlummern, in jeglichen Lebenslagen.

Hugo riss die Augen auf. „Hast du etwa schon eine Idee? So schnell?“

Das Gespenst verbeugte sich höflich. „Aber natürlich. Selbstverständlich. Gewisserlich.“

Wieder klimperte der Flattergeist mit seinem Schlüsselbund. „Ich habe das hier.“

„Ich möchte nicht unhöflich sein, Gordon", Hugo biss sich auf die Unterlippe, „aber Schlüssel steckt man in Türschlösser. Und hier gibt es keine, weil der Irrgarten aus Pflanzen besteht. Die kann man nicht zusperren."

„Bist du sicherlich?"

Gordon erhob sich in die Luft und bedeutete den Kindern, ihm zu folgen. Watson zog es vor, einfach weiterzuschlafen, Lotti tat es ihm nach. Die Tiere waren viel zu müde, um weitere Spaziergänge zu machen.

Wieder ging es durch verschlungene Wege und über moosige Pfade durch den gesamten Irrgarten. Bis an das Ende.

„Und jetzt?", fragte Hugo skeptisch.

Der Flattergeist klimperte erneut mit seinem Schlüsselbund, bis sich ein langer, verschnörkelter Schlüssel erhob. Gordon packte diesen Schlüssel und drückte ihn mitten in die grüne Hecke, die hier, am Ausgang des Irrgartens, endete. Kaum hatte der Flattergeist den Schlüssel ein paarmal gedreht, als würde er in einem Türschloss stecken, begann die Hecke wie von Zauberhand zu wachsen. Zweige streckten sich wie lange Finger über den Ausgang, Blätter schossen heraus und verdichteten sich im Nu. Immer schneller, immer größer wuchs die Hecke, bis sie den Ausgang völlig zugewuchert hatte. In Windeseile.

„Ist ja krass!“, staunte Hugo ungläubig.

Gordon vollführte einen hübschen Looping. „Schein und Hinein muss nicht das Gleiche sein. Gespenstlich, was?“

„Super, Gordon“, jubelte Becky. „Ist das nur am Anfang und am Ende des Irrgartens möglich? Oder kannst du an jeder beliebigen Stelle im Labyrinth so eine Schranke aus der Hecke wachsen lassen? Auch an der Stelle, an der die Bank steht?“

„Möglich.“ Gordon rasselte mit seinem Schlüsselbund. „Es gibt überall im Irrgarten ein Schlüsselloch. Zumindest für meine Schlüssel. Wunderherrlich, was?“

„Wärst du bereit, das für deine Königin zu tun?“ Becky blickte in die roten Augen des Gespenstes.

„Ich bin ein treulicher Untertan“, gab Gordon hoheitsvoll zurück.

„Dann lasst uns zurück zu dem kleinen runden Platz

mit der Bank gehen, an dem wir uns vorhin begegnet sind", schlug Becky vor. „Dornröschen könnte dort Platz nehmen und warten, bis Prinz Alvar sie im Irrgarten gefunden hat. Und wenn er sie entdeckt, dann ..."

„... schnappt die Falle zu", fuhr Hugo fort. „Gordon schließt die wilden Kerle zwischen dichten Hecken ein, damit sie nicht abhauen können, und wir beginnen sofort mit dem Lesen. Ratzfatz sind die Typen zurück in der magischen Welt. Und von dort aus können sie wieder in ihre Geschichten schlüpfen."

„Und das Filmteam?" Becky hob unschlüssig die Arme. „Vergiss nicht, die stammen auch aus einem Buch. Die müssen wir auch zurücklesen. Und zwar in eine andere Geschichte, wir dürfen sie nicht durcheinanderbringen."

Hugo stöhnte. „Wie sollen wir das schaffen? Die landen doch gleichzeitig hier, immerhin drehen sie alle gemeinsam einen Film."

„Kommt Zeit, kommt Rat", meinte Gordon. „Ich bin zuversichtlerich."

10. Kapitel

Teppich und Waldschrat

Alles klar. Gordon Pozwack lässt Prinz Alvar und sein Gefolge in die Falle tappen“, verkündete Becky leise, als sie mit Hugo, Watson und Lotti wieder zum Brunnen zurückgekehrt war.

Die beiden Haustiere hüpften sofort zu Knacks, der sich die Sonne auf den Froschbauch scheinen ließ. Ben kauerte auf dem Rand des Brunnens, Mo machte ein kleines Schläfchen auf seinem Teppich.

Hugo klatschte sich mit Ben ab. „Und? Wie ist die Lage bei euch?“

Ben grinste. „Läuft super. Rosi, also das Dornröschen, hat die Kerle alle um den Finger gewickelt. Sie spielt toll, auch die Fernsehleute sind begeistert.“

Tatsächlich hingen Prinz Alvar, die Zwerge, die Kobolde und das Rumpelstilzchen ebenso wie das Fernsehteam – mit Ausnahme von Lizzy – gebannt an Rosis Lippen.

„Ich nehme an, dass es jetzt bald an die Stürmung der Festung geht“, meinte Hugo. „Also ... ich meine ... sie werden sich wohl demnächst zum Irrgarten aufmachen.“

„Sollten wir dann nicht lieber die Königin holen?“, überlegte Ben. „Du wolltest sie doch auch wieder zurück in die magische Welt lesen, Becky. Oder?“

„Unsere Königin allein mit diesen Banausen?“ Mo, der von seinem Nickerchen erwacht war, schüttelte entschieden den Kopf. „Das geht nicht, ich begleite und schütze unsere Hoheit! Sie ist nicht länger die böse Königin und ich bin nicht mehr der Spion, der seine Freunde verrät. Wir müssen zusammenhalten.“

Becky betrachtete den Teppichjungen gerührt. Noch

vor kurzer Zeit hatte Mo sie und ihre Freunde in große Gefahr gebracht. Aber dann war ihm sein Fehler bewusst geworden, er hatte sich komplett gewandelt und sie waren Freunde geworden. Und Freunde kann man unmöglich im Stich lassen!

„Ich bin auch dabei“, erklärte Becky mit fester Stimme. „Auf in die magische Welt.“

Lotti sah Becky mit großen Augen an. Ihre feinen Tasthaare bebten. „Bei der mickrigen Erdnuss, ohne dein Streifenhörnchen gehst du nirgendwohin, Becky Librum.“

„Und ohne mich und Watson auch nicht“, sagte Hugo.

„Äh ... na ja, wuff, vielleicht darf ich das noch selbst entscheiden?“, grummelte der Hund.

„Quak, quaak, du kannst gern hierbleiben, Watson, und meinen Brunnen bewachen“, keckerte Knacks. „Dann reise ich mit in die magische Welt. Kleiner Tapetenwechsel kann nie schaden.“

Watson knurrte den Frosch beleidigt an. „Vergiss es!“

„In Ordnung." Mo verneigte sich vor seinen Freunden. „Ich schlage vor, dass wir während des Herauslesens auf meinem Teppich Platz nehmen. Dann können die fiesen Kerle uns nicht erreichen, wir schweben aber dennoch so über ihnen, dass wir gemeinsam zurückkehren."

Becky nickte. „Und vergiss das *Buch der Bücher* nicht. Sonst sind wir aufgeschmissen und reisen nirgendwohin. Dieses Buch ist der Schlüssel für unsere Reise durch Zeit und Raum."

„Das werde ich nie vergessen, Becky." Lächelnd verbeugte sich der Teppichjunge, ließ sein Gefährt in die Höhe schweben und sprang mit einem gekonnten Satz darauf.

Zum letzten Mal an diesem Tag sauste Mo mit Höchstgeschwindigkeit in die magische Bibliothek und passte höllisch auf, dass ihn weder Professor Librum noch Molly zu Gesicht bekamen. Behutsam ließ er den Teppich auf den alten Holzboden der magischen Bibliothek nieder und trat vor Königin Pomeranza:

„Hoheit, es ist Zeit. Ich möchte Sie in den Schlosspark, genauer gesagt zum Irrgarten, geleiten und von dort zurück in unsere magische Welt bringen. Und bitte, seien Sie gewiss, dass Sie nicht allein reisen werden. Becky, Hugo, ihre Haustiere, Ben und ich werden an Ihrer Seite sein."

„Das rührt mich zutiefst, junger Freund. Vielen herzlichen Dank. Das erinnert mich an den Glaubenssatz aller Leseratten: Wer liest, ist niemals allein." Königin Pomeranza lächelte. „Ich wusste die ganze Zeit über, dass ich heute Abschied nehmen muss. Aber ich habe nicht geahnt, wie schwer mir das Herz dabei wird. Doch als gute Herrscherin über die magische Bücherwelt muss ich diesem Bündnis der Zwerge und Kobolde mit meinem Cousin ein Ende bereiten."

Pomeranza nickte nacheinander Genoveva, Ferdinand, Pepper, Glimmeria und den Buxies huldvoll zu. „Ich danke euch für eure Gastfreundschaft. Ich habe die Zeit hier sehr genossen. Das verräterische Spiel ist allerdings noch nicht vorbei, der verhängnisvolle Pakt besteht noch immer. Bevor der Prinz in unsere magische Welt zurückkehren darf, muss er mir die Treue schwören, das verlange ich", verkündete sie, während Mo seiner Gebieterin galant auf den Teppich half. „Glimmeria soll mich deshalb mit ihrer Wunschkugel begleiten. Immerhin habe ich noch einen Wunsch frei!“

„Versprochen ist versprochen“, hauchte Glimmeria mit ihrer glockenhellen Stimme. „Ich werde dir deinen Wunsch erfüllen, Pomeranza. An dieses Versprechen halte ich mich als echte Wunschfee natürlich. Also werden meine Kristallkugel und ich in den Irrgarten mitkommen.“

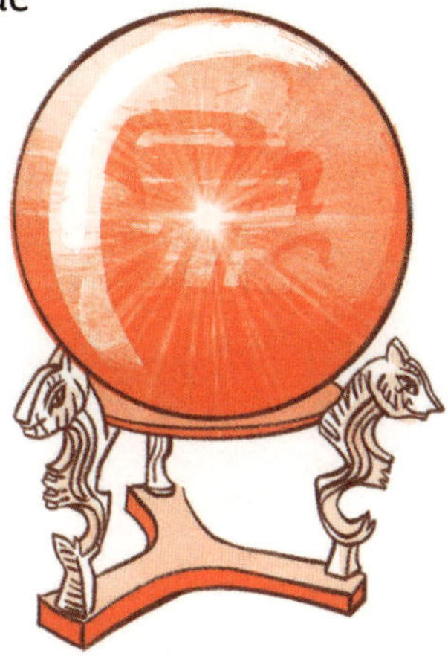

Als Glimmeria in das aufgeregte Gesicht von Genoveva sah und Kater Peppers Jaulen vernahm, lächelte sie. „Nur bis in den Irrgarten! Ich kann meine Freunde ja nicht verlassen. Die magische Bibliothek ist mein Zuhause. Zwischen all den Büchern, die gepflegt, gelesen und geliebt werden müssen.“

„Lasst euch bloß nöcht erwöschen“, schepperte Ferdinand. „Der Professor und Molly dürfen euch nöcht entdecken, auch keine anderen Erwachsenen. Seid vorsöchtög, bötte!“

Würdevoll nahm Pomeranza auf dem Teppich Platz und rückte noch einmal ihre glänzende Krone zurecht. Glimmeria und Mo folgten. Behutsam legte Genoveva das *Buch der Bücher* in den Schoß der Königin, vergoss ein paar

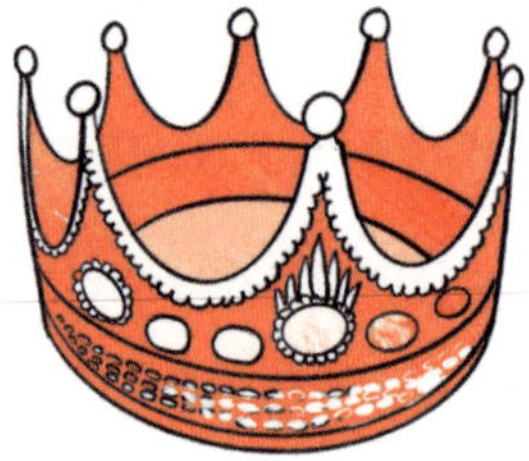

Abschiedstränen und huschte dann eilig mit den anderen magischen Wesen der Bibliothek zum Dachfenster, um das Geschehen im Schlosspark weiterverfolgen zu können.

Langsam schraubte sich Mos Teppich in die Höhe, die Reisenden winkten, und dann schwebte das weiche Gefährt blitzschnell Richtung Brunnen. Mo gab sich große Mühe, so an den Schlossfenstern vorbeizufliegen, dass Professor Librum und Molly die Flugreisenden samt Teppich auf keinen Fall erspähen konnten.

Zur gleichen Zeit lauschten die Kinder und Tiere im Schlosspark, was hinter dem Bannkreis vor sich ging. Glücklicherweise brüllten Joe Schmackes und Manfred all ihre Anweisungen aus Leibeskräften, auch Rosi, Prinz Alvar und seine Leute waren alles andere als leise.

„Es ist wohl an der Zeit, dass ich hinter meiner Dornenhecke verschwinde“, flötete Rosi und klimperte mit den Augen. „Und du, mein Prinz, errettest mich von dort.“

Rosi hatte Prinz Alvar den Kopf verdreht. „Lobgepriesene, ich eile, ich fliege.“

„Stopp!“ Lizzy ließ das Mikrofon sinken. „Was soll das denn für ein Wort sein, Herzchen? Lobgepriesene? Die Frau ist doch keine Heilige, sondern eine coole Lady. Also noch mal von vorn. Ton ab!“

„Heute back ich, morgen ... äh ...“, mischte sich das Rumpelstilzchen ein, das sich in den Hintergrund gedrängt fühlte.

Genervt stellte Joe die Kamera ab. „Jetzt reicht es aber, du Waldschrat. Du bist gefeuert!“

„Au ja!“ Das Rumpelstilzchen rieb sich die Hände. „Ich liebe Feuer und alles, was brennt.“

„Maaaanfred?“, tobte Joe.

Assistent Manfred warf das Drehbuch auf den Boden, packte das Rumpelstilzchen an der Hand und zog es zu einem hübschen Buchsbäumchen. „So, mein Lieber. Hier bleibst du jetzt stehen, bis der Prinz zu Rosis Befreiung losstürmt. Kapiert? Kann sich nur noch um Minuten handeln. Sonst keine Bezahlung. Verstanden?“

Das Rumpelstilzchen senkte den Kopf. „Meinetwegen.“

Erleichtert nahmen Joe, Manfred und Lizzy den Dreh wieder auf und zu ihrem großen Erstaunen hielten sich diesmal alle an das Drehbuch.

„Rosi, du verschwindest im Irrgarten. Und Alvar, du und deine Leute, ihr stürmt geballt auf die Hecken zu. In Reih und Glied, wie es sich gehört“, erklärte Joe. „Wartet, bis wir am Irrgarten sind, dann mache ich die letzten Aufnahmen von vorn.“

Die Zwerge, die Kobolde und das Rumpelstilzchen sahen sich verständnislos an, aber das bemerkte Joe Schmackes nicht.

Es dauerte eine Weile, bis Rosi mit dem Filmteam den weiten Weg durch den Park zum Labyrinth zurückgelegt hatte.

Die junge Frau verschwand hinter den Hecken, Joe und seine Leute richteten davor die Kamera und den Ton ein.

Genug Zeit für Mo, um lautlos zum Brunnen zu schweben, Becky mit dem Buch *Filmdreh auf Burg Klotterfels*, Hugo, Lotti, Watson und Ben abzuholen, sich von Knacks zu verabschieden und am Rand der Schlosswiese ebenfalls zum Irrgarten aufzubrechen.

„Kamera läuft“, brüllte Joe durch den Park.

„Ton auch“, rief Lizzy.

Interessiert beobachtete die Teppichmannschaft aus der Höhe, wie sich Prinz Alvar und sein Trupp zum Irrgarten aufmachten. Sogar den Text, den die Möchtegern-Schauspieler aufsagten, konnten sie von oben verstehen:

„Die alte Prophezeiung besagt, dass eine schöne Prinzessin hinter grünen Mauern vor der Welt versteckt gehalten wird“, gab Prinz Alvar seinen Text zum Besten. „Leicht wird unser Weg nicht, aber ich werde die Prinzessin befreien und zur Frau nehmen.“

„Wir kämpfen an deiner Seite“, erklärte das Rumpelstilzchen und hob seine Spindel in die Höhe.

„Sehr gut, meine Freunde. Und wenn wir die Festung gestürmt haben, dann ... ähm ... mache ich das schöne Kind zur Königin ... ähm ...“, stotterte Prinz Alvar. Man merkte, dass er seinen Text vergessen hatte und improvisieren musste. „Dann ernenne ich sie zur neuen Königin der magischen Welt.“

„Nein! Niemals!“ Ein markerschütternder Schrei ertönte. „Auf gar keinen Fall! Du Verräter.“ Königin Pomeranza hatte sich bäuchlings auf Mos Teppich gelegt, hielt mit einer Hand ihre viel zu große Krone fest und reckte die Faust. „Ich bin die wahre Königin der magischen Welt! Ihr wolltet mich mit eurem Pakt hintergehen. Aber der fiese Plan wird euch noch zum Verhängnis, ihr Verräter! Wartet nur ab!“

11. Kapitel

Verräter und Verbündete

Die Köpfe von Prinz Alvar, den aufgebrachten Zwergen, den Kobolden und dem tobenden Rumpelstilzchen reckten sich augenblicklich in die Höhe. Auch Joe Schmackes, der seine Kamera in Position gebracht hatte, sein Assistent Manfred und die Tonmeisterin Lizzy sahen nach oben.

„Echt cooler Auftritt, Lady", brüllte Lizzy und winkte zum Teppich. „Kann ich im Drehbuch nur nicht finden."

Joe Schmackes raufte sich die Haare. „Und auf welcher Seite steht die Szene mit dem fliegenden Teppich? Die kenne ich nur aus der Verfilmung *Ali Baba und die vierzig Räuber*."

„Vergessen Sie das Drehbuch!" Prinz Alvar schnaubte und trieb sein Rentier an, immer dem Teppich hinterher.

Die Beine der Zwerge, Kobolde und des Rumpelstilzchens verknoteten sich beinahe, so viel Tempo gaben sie.

„Wir kriegen euch, wir schnappen euch, wir fangen euch!", kreischte das Rumpelstilzchen und warf seine Spindel nach dem Teppich.

„Leute, ihr lauft in die falsche Richtung", schrie Joe und winkte verzweifelt. „Kommt hierher! Ihr sollt direkt auf die Kamera zulaufen, nicht dran vorbei. Die Szene kommt erst später."

Manfred blätterte hektisch in seinen Unterlagen. „Jetzt ist doch erst die Einstellung dran, in der unser Prinz die Hecke bezwingt ... nun wartet doch."

Aber kein einziges magisches Wesen hörte auf ihn. Prinz Alvar war so erzürnt, dass er blindlings dem Teppich folgte. Mo steuerte sein Gefährt verzweifelt immer schneller und panischer Richtung Irrgarten, genau auf das kleine Rondell zu, in dem Rosi und Gordon Pozwack auf ihren Einsatz warteten.

„Werteste Pomeranza, musstest du dich unbedingt einmischen?“ Glimmeria seufzte. „Alles lief so gut.“

Die Königin senkte den Blick. „Es tut mir leid, aber diese Fieslinge haben mich wütend gemacht. Da ist es einfach aus mir herausgeplatzt.“

„Dabei ging es ausnahmsweise mal um den Film, nicht um das wahre Leben“, gab Ben zu bedenken. „Wobei ... sind Geschichten und magische Wesen nicht auch das wahre Leben?“

„Nimm das Buch, Becky. Bitte.“ Hugo sah seine Freundin flehend an. „Jetzt muss alles schnell gehen. Irgendwo weit hinten ist die Geschichte von Prinz Alvar und dem Nordland, hat Genoveva erklärt. Die brauchen wir, damit wir diese Kerle wieder in die magische Welt hineinlesen können.“

Becky nickte und ärgerte sich gleichermaßen. Wie dumm von ihr, dass sie sich gar nicht auf diesen Moment vorbereitet und die entsprechende Stelle schon herausgesucht hatte. Aber heute war einfach zu viel Trubel gewesen.

Behutsam nahm Becky das *Buch der Bücher* und strich sanft über den honigbraunen Umschlag, in dessen Mitte eine leicht erhabene Krone angebracht war. Zahlreiche winzige Wesen, die beinahe lebendig aussahen, liefen um das Schmuckelement herum, wie in einem sich ständig drehenden Karussell. Die Mondsteine, die auf jeder Zacke saßen, schimmerten im Sonnenlicht, der Einband hob und senkte sich. Das Buch atmete hörbar ein und aus. Kaum begann Becky darin zu blättern, begann es zu wispern und zu säuseln. Ein feines Surren ertönte, dann wurde der Buchdeckel wie von Geisterhand angehoben und ein bläuliches Leuchten erstrahlte. Mit ihm schwebten die Fellchen, die Hüter der magischen Lektüre, heraus. Ihre schimmernden Flügel bebten, die dunkelblauen Körper blähten sich auf.

„Ruhig, ganz ruhig, ihr Fellchen", wisperte Becky.

Inzwischen stand der Teppich genau über der Bank, auf der Dornröschen saß und freudig winkte, während die Zwerge, Kobolde, das Rumpelstilzchen und Prinz Alvar ins Rondell stürmten. Becky warf einen schnellen Blick auf Gordon Pozwack, der sich hinter der Engelstatue versteckt hatte und jetzt unauffällig seinen Schlüssel in die Hecke steckte, um die magischen Wesen einzuschließen. Sofort begann die Hecke zu wachsen, die Äste spreizten sich, sattgrüne Blättchen schossen aus den Sprossen hervor.

Der Flattergeist wirbelte weiter, um die nächste Barriere zu bauen.

Längst waren Joe, Manfred und Lizzy ihren Schauspielern hinterhergerannt, um Aufnahmen zu machen. Blitzschnell hatte Gordon sie mit seinem Schlüssel und den wachsenden Hecken in einem anderen Teil des Irrgartens eingeschlossen.

„Lies los, Becky“, flüsterte Königin Pomeranza aufgeregt. „Lies!“

Und Becky las: „Prinz Alvar, so hieß der junge und stattliche Prinz aus dem Nordland, einer gefährlichen Gegend voll dunkler Moore und feuerspeiender Drachen, über der ständig dichter Nebel hing. Sein Leben lang hatte sich Prinz Alvar nichts sehnlicher gewünscht, als in einem anderen, hoffnungsvolleren Landstrich der magischen Welt zu leben, denn er liebte die Sterne über alles, nur konnte er sie im Nordland …"

„Der Prinz liebt Sterne über alles?" Königin Pomeranza schob ungläubig ihren Kopf über den Teppichrand und hielt die Krone fest. „Aber … aber wieso weiß ich nichts davon? Ach, Unsinn!" Sie stöhnte. „Ich bin selbst schuld. Ich habe mich so mit meinem eigenen Schicksal und mit mir selbst beschäftigt, dass mich die Geschichten der anderen Wesen in der magischen Welt nicht interessiert haben. Seit Jahren habe ich nicht mehr im *Buch der Bücher* gelesen, von dem nur zwei Exemplare existieren. Oh, wie nachlässig von mir! Dabei liebe ich Sterne genauso sehr wie Prinz Alvar."

„Lies weiter, Becky", drängte Hugo, denn unter ihnen hatten die Kobolde währenddessen ihre Bogen ausge-

packt und spannten die Sehnen, um mit Pfeilen nach dem Teppich zu schießen.

„Doch im Nordland konnte Prinz Alvar die Sterne nie sehen“, las Becky. „Das schmerzte ihn, denn er war ein feinfühliger und liebevoller Mensch, der einzig seinem Vater nie genügt hatte. Deshalb hatte er Prinz Alvar zu einem echten Kämpfer erzogen, der grausam, hinterlistig und rücksichtslos sein sollte. Jedoch …“ Becky schluckte, „war das nur der Eindruck, den Außenstehende von Prinz Alvar hatten. Wer ihn kannte, wusste, dass er Musik und Blumen, besonders Rosen, liebte und …“

„Rosen?“ Königin Pomeranza bekam Schnappatmung.

„Mein Cousin liebt Rosen? Ich auch, Becky, ich auch!“ Sie drückte Beckys Hand. „Er kann kein schlechter Mensch sein, bestimmt nicht!“

„Ruhe!“, keckerte Lotti. „Tut mir leid, bei der königlichen Walnuss, aber so klappt das nie. Bitte, Frau Pomeranza!“

Die Königin schwieg, sah aber weiter nachdenklich zu Prinz Alvar, der mit seinem Rentier durch das Rondell galoppierte.

Becky holte Luft und wollte gerade eine neue Geschichte über den Prinzen vorlesen, als Hugo plötzlich etwas einfiel.

„Stopp, Becky. Wenn du jetzt weiterliest, sind wir alle ratzfatz in der magischen Welt. Was wird dann aus Joe, Manfred und Lizzy? Die müssen wir als Erste zurücklesen.“

„Hugo hat recht.“ Mo beschrieb mit seinem Teppich eine kleine Kurve, um über dem Filmteam zu schweben.

„Was machst du da, Tepppichjunge?“, zeterte Königin Pomeranza. „Ich will die Geschichte von Prinz Alvar hören. Meinem Cousin, der die Sterne liebt und Rosen und ...“

„Wuff, wuff“, knurrte Watson. „Alles zu seiner Zeit, Hoheit. Auch eine Königin muss sich in Geduld üben können.“

Beleidigt zog Pomeranza einen Flunsch, drehte der Mannschaft den Rücken zu und spähte nach unten.

„Welch ein Chaos dort unten herrscht“, schimpfte Becky, legte das *Buch der Bücher* zur Seite und schnappte sich das Buch *Filmdreh auf Burg Klotterfels*. Mit fliegenden Fingern blätterte sie durch die Seiten und ratterte den Text herunter: „Es war ein herrlicher Tag, als sich das Filmteam unter der Leitung von Joe Schmackes im Park von Schloss Rosenbolt aufhielt, um einen Film zu drehen. Leider hatte sich der Kameramann in der Adresse und auch mit den Schauspielern geirrt, was Manfred, der Assistent, nach einigen Stunden feststellte. Wie gut, dass sich in diesem Moment ... ähm ...“, Becky sah Hilfe suchend zu Gordon hinunter und lächelte, „dass sich in diesem Moment zäher Nebel bildete, der sie wie von Geisterhand an ihr eigentliches Ziel, zur Burg Klotterfels, brachte und ...“

„Reicht, Becky.“ Hugo klopfte ihr bewundernd auf die

Schulter. „Joe, Manfred und Lizzy sind weg.“ Er deutete nach unten. „In so einer Nebelwolke würde ich auch gern reisen. Ist bestimmt schön.“

„Und jetzt geht es weiter mit Alvar. Dem Mann, der die Sterne liebt und die Rosen“, murmelte Königin Pomeranza. „Becky? Was ist denn?“

„Tut mir leid, Pomeranza, aber ich muss kurz Luft holen. Nimmst du das Filmbuch, Ben?“ Sie hielt es ihrem Freund hin. „Nicht dass es noch vom Teppich fällt.“

„Bitte geduldet euch noch einen Moment, Hoheit“, bat Mo. „Ich muss den Teppich erst wieder über die Gruppe um Prinz Alvar lenken.“

Mit einer flotten Rechtskurve brachte Mo den Teppich in die richtige Position. Ein bisschen zu flott, denn in diesem Moment ...

„Oje, meine Krone“, japste Pomeranza. „Ich habe meine Krone verloren! Sie ist runtergefallen.“

„Wahuuu! Prinz Alvar hat sie gefangen“, bellte Watson aufgebracht.

„Sie ist das Zeichen meiner Macht." Königin Pomeranza krabbelte in die Teppichmitte und zupfte an Glimmerias rosafarbenem Kleid. „Ich muss die Krone wiederbekommen! Oder – nein, noch besser – ich will sie gar nicht mehr allein tragen müssen. Diese Bürde und die Verantwortung, die mir mein Vater hinterlassen hat. Ich wünschte, mein Cousin und ich würden uns diese Macht teilen. Ja, in der Tat, es ist mein sehnlichster Wunsch, gemeinsam mit Prinz Alvar zu regieren und der Bücherwelt den Weg in die Zukunft zu weisen."

Glimmeria tätschelte sanft Pomeranzas Hand, mit der anderen rieb sie sachte über ihre Kristallkugel.

Keiner der Teppichreisenden bemerkte, wie kleine silberne Funken aus der Kugel stoben, langsam nach unten segelten und sich dort auf die Haare und die Schultern von Prinz Alvar legten. Wie die strengen Gesichtszüge des Prinzen auf einmal weich wurden und sich sein freundlicher Blick nach oben richtete.

Auch bemerkte niemand, wie Königin Pomeranzas Traurigkeit aus ihrem Gesicht verschwand, wie sich ihre Wangen rot färbten und sie mit verklärtem Blick zum Prinzen sah.

Die Fee steckte ihre Kugel in die kleine Tasche, die sie immer bei sich trug, erhob sich, spreizte die Flügel und stieß sich mit ihren winzigen Pantöffelchen vom Teppich ab. „Ich habe versprochen, nur bis zum Irrgarten mitzukommen, meine Freunde." Wie ein Schmetterling in einem lauen Sommerwind schwebte sie über dem Teppich. „Wir sehen uns bald wieder, Becky, Hugo, Ben und natürlich Watson und Lotti. Auf Wiedersehen, Mo und Pomeranza. Dein Wunsch war mir Befehl, liebe Königin", hauchte sie und wirbelte davon.

„Aber ... ich habe doch noch gar keinen Wunsch geäußert", wunderte sich Pomeranza. „Oder habe ich gesagt, dass ich die Krone wiederhaben möchte? Vielleicht habe ich über Rosen gesprochen, die ich mag? Oder waren es möglicherweise Sterne, die ich mir gewünscht habe?"

„Liebe Königin Pomeranza, ich muss jetzt mit meiner Geschichte weitermachen. Alles Weitere regeln wir in der magischen Welt“, sagte Becky einfühlsam. „Seht doch, gleich setzt das Rumpelstilzchen den schönen Irrgarten von Schloss Rosenbolt in Brand. Mein Vater hat die Hecken gerade erst stutzen lassen. Er wäre sehr unglücklich, wenn das Labyrinth in Flammen aufginge.“ Zudem lag Becky viel daran, dass ihrem guten Freund Gordon Pozwack nichts passierte.

„Kernige Knacker, lass dich nicht aufhalten, Becky. Lies uns endlich in die magische Welt“, quiekte Lotti. „Auch wenn ich mich da immer ein bisschen unwohl fühle, weil so viele Räuber und Hexen und Bläulinge und ...“

Watson legte ihr sanft eine Pfote auf die ihre. „Keine Angst, Lotti, wuff, wuff, ich bin bei dir. Ich passe auf dich auf.“

Becky lächelte Hugo zu, nahm sich das *Buch der Bücher* in den Schoß und überlegte kurz, was sie in die Geschichte dichten konnte. „Also gut, ich bin so weit.“ Sie schloss die Augen und begann mit ihrer Fantasiegeschichte. „Eines Tages, Prinz Alvar hatte gerade ein paar ... Urlaubstage auf Schloss Rosenbolt verbracht, weil es dort die schönsten Rosen weit und breit gab, da musste er mit seinen Hilfsgärtnern, vier Zwergen, drei Kobolden und dem Rumpelstilzchen wieder zurück in die magische Welt reisen. Bis ans Ende der verzweigten Gedankenstraßen, hinter den schwarzen Bergen, und genau dorthin, wo das Meer der Fantasie beginnt. Doch wer glaubt, der Weg dorthin sei einfach, der irrt sich! Wer das Tor zur magischen Welt durchschreiten möchte, muss zunächst den blauen Nebelwald hinter sich lassen. Hütet euch jedoch vor den sieben Räubern, die dort ...“

Im Verborgenen …

Sie sind da, sie haben es geschafft. Sie sind im blauen Nebelwald", jubelte Genoveva, während sie andächtig in Glimmerias Kristallkugel blickte. „Von dort ist es nur noch ein Katzensprung bis in die magische Welt."

„Nun ja." Pepper zuckte bedächtig mit dem Schwanz hin und her. „So weit können wir Katzen dann doch nicht springen. Immerhin müssen sie noch über den gestreiften Hügel, am murmelnden Bach vorbei bis zur Mauer mit dem riesigen Tor. Bisher hängen sie noch im Prolog fest, also in der Vorgeschichte des Buches, die …"

„Psssst! Das wissen wir doch alle, Katerchen", flötete Genoveva. „Jetzt müssen wir sehen, was mit Königin Pomeranza und Prinz Alvar geschieht."

Kaum war die Fee Glimmeria wieder in der magischen Bibliothek von Schloss Rosenbolt angekommen, hatten ihre Freunde sie bestürmt, in die Kugel schauen zu dürfen.

Nun warteten Genoveva, Ferdinand, Pepper, Glimmeria und die Buxies, was ihnen der Blick in die magische Welt offenbarte:

Nach einigen halsbrecherischen Flugmanövern landete Mo direkt neben dem gletscherblauen Bach im Nebelwald, aus dem feine Blasen emporstiegen. Königin Pomeranza hüpfte mit einem vornehmen Sprung als Erste vom Teppich, Becky und Hugo folgten mit ihren Haustieren und schlussendlich Ben. Mo ließ den Teppich wieder mannshoch in die Luft steigen und sprang mit einem gekonnten Salto auf den weichen, moosigen Waldboden.

„Da ist die Königin", raunte es neben Becky. „Aus dem Weg, Becky, wir brauchen Platz!"

Plopp! Plopp! Plopp!

Mit einem Geräusch, als würde man den Deckel einer Limonadenflasche öffnen, schob sich eine Handvoll farbiger Pilze in die Höhe.

„Hallo, ihr Ploppser.“ Becky tupfte mit ihrem Finger sanft auf den Hut eines Pilzes. „Ich stehe euch immer im Weg, tut mir leid.“

„Macht nichts, Becky, jetzt erhaschen wir endlich einen Blick auf unsere Hoheit“, gab ein Ploppser zurück.

„Ich möchte sie auch sehen, die große Königin“, brummte ein fingergroßer Käfer, der eine kleine Lampe auf dem Kopf trug.

„Sie sieht freundlich aus, gar nicht mehr böse“, stellte eine meterhohe Blume fest und senkte ihren Kopf zu Pomeranza. „Willkommen zu Hause.“

„Ich danke euch.“ Pomeranza winkte in alle Richtungen. „Reizend, dass ihr mir so einen netten Empfang bereitet.“

Doch die liebevolle Stimmung war schnell vorüber, denn die Gegner der Königin näherten sich. Mit klopfenden Herzen sahen Becky, Hugo und ihre Freunde, wie Prinz Alvar auf seinem Rentier herangaloppierte, gefolgt von seinen polternden Gesellen. Pomeranza wollte gerade die Hand heben, um ihnen Einhalt zu gebieten, da sprang der Prinz haarscharf vor der Königin von seinem Reittier, ging vor ihr auf die Knie und reichte Pomeranza mit einer galanten Verbeugung die Krone.

„Ihr habt etwas verloren, Königin!“

Angespannte Stille herrschte auf einmal im blauen Nebelwald. Kein Vogel zwitscherte, kein Plätschern des Baches war mehr zu hören. Auch Becky und ihre Freunde regten sich nicht.

Es war, als hätte die magische Welt den Atem angehalten.

„Verehrte Pomeranza“, fuhr Prinz Alvar fort. „Hier lege ich das Zeichen der Macht wieder in deine Hände. Als du mir im Schlosspark die Krone aus dem blauen Himmel zugeworfen hast, wurde mir klar, dass dies ein Angebot der Versöhnung sein muss. Ich bin untröstlich, dass ich mich gegen dich erheben wollte. Ich war wohl nicht ganz Herr meiner Sinne. Die trüben Tage im Nordland hatten mich stärker verändert, als ich geahnt habe. Denn normalerweise bin ich ...“

„... ein freundlicher Mann, der Sterne und Rosen liebt“, hauchte Königin Pomeranza gerührt, nahm die Krone entgegen und drückte sie auf ihr Haar.

„Das weißt du?“ Prinz Alvar küsste der Königin höflich die Hand.

„O ja.“ Pomeranza lächelte. „Und ich liebe sie genauso wie du. Erst jetzt habe ich von Becky“, sie deutete auf das Mädchen, „die mir aus dem *Buch der Bücher* vorgelesen hat, erfahren, dass du dich immer nach einer angenehmeren Umgebung gesehnt hast. Bist du deshalb den verhängnisvollen Pakt mit den Zwergen, Kobolden und anderen abtrünnigen Untertanen eingegangen?“

Prinz Alvar schüttelte den Kopf. „Es war … ein Traum, der mich dazu verleitet hat. Eine Fee ist mir im Schlaf erschienen und hat mich aufgefordert, mich gegen dich zu erheben. Du seist unfähig zu regieren, hat sie mir eingeredet, alt und krank.“ Er ballte die Fäuste. „Doch jetzt erkenne ich, dass es nichts als ein Trugbild war. Mit meinem Gefolge möchte ich mich dir unterwerfen, Königin Pomeranza.“

Lady Botterblom, die in der magischen Bibliothek verzückt in die Kristallkugel blickte, seufzte laut. „Ach, wirklich herzerwärmend.“

„Pssst!", schimpften Genoveva, Ferdinand und die anderen magischen Wesen. „Wir möchten nichts verpassen!"

Wieder lauschten und beobachteten sie ungläubig, was im blauen Nebelwald vor sich ging.

„Unterwerfen?" Das Rumpelstilzchen stampfte mit seinen Füßen so heftig auf die Erde, dass kleine Steine zur Seite flogen. „Vergiss es, Alvar! Von wegen Trugbild. Wir haben einen Pakt geschlossen. Nicht mit dir, du einfältiger Prinz, sondern mit jemandem, der wirklich groß und mächtig ist. Ab durch die Mitte, Leute!"

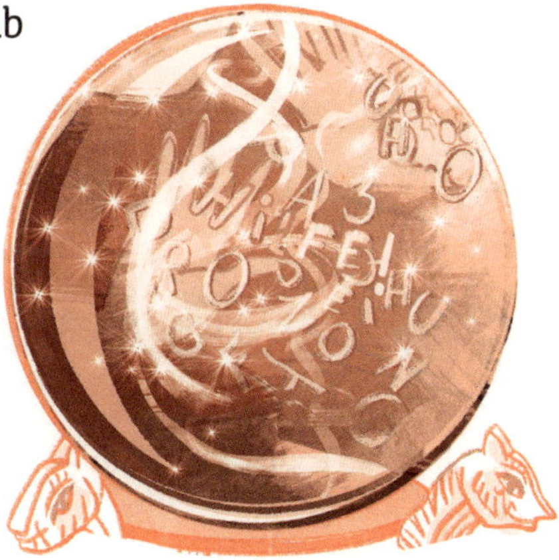

Verblüfft beobachteten die Freunde von Königin Pomeranza in der magischen Welt und in der Bibliothek von Schloss Rosenbolt, wie sich die Zwerge und Kobolde dem Rumpelstilzchen anschlossen und zwischen dichtem Blätterwerk im Nebelwald verschwanden.

„Sie wenden sich gegen ihre Königin“, stellte Ben fest.

Hugo nickte. „Das riecht nach Ärger in der Bücherwelt.“

„Nicht schon wieder“, jammerte Becky. „Warum muss es in so vielen Geschichten um Feindschaft, Neid oder Gemeinheiten gehen?“

Mo kratzte sich unter seinem Kopfschmuck. „Das liegt daran, dass die meisten Wesen gierig sind und mehr wollen, als sie bereits haben. Sie sind einfach nie zufrieden.“

„Wahuuuu“, bellte Watson. „Soll ich den Wurzelzwergen und Kobolden hinterherrennen und sie aufspüren?“

Königin Pomeranza winkte ab. „Vielen Dank, nicht nötig, Watson. Sie entgehen ihrer Strafe nicht. Wenn ich erst wieder in meinem Schloss bin, werde ich meine Armee unter Führung des Kommandanten Luitpold auf sie ansetzen.“

„Luitpold, jawohl!“ Ferdinand stampfte mit seinen Blechschuhen heftig auf den Boden der magischen Bibliothek. „Mein Cousön, dö alte Blechbüchse.“

„Haaatschi“, nieste Genoveva. „Ferdinand, deine Blechschuhe machen nicht nur einen Höllenlärm, sondern wirbeln auch jede Menge Staub auf. Du weißt doch, ich leide unter einer grässlichen Stauballergie."

Peppers Tasthaare zitterten. „Magische Wesen können nicht krank werden, Genoveva. Trotzdem solltest du deinen Kopf endlich mal bei dir behalten, Ferdinand."

„Sehr wohl." Respektvoll verneigte sich der Blechritter in Richtung der Kristallkugel.

Natürlich wieder zu tief, denn ...

„Ferdinand!", japste Lady Rose. Die geschickte Buxie-Dame hatte den Helm des Blechritters gerade noch aufgefangen, bevor er auf Glimmerias Kristallkugel donnern konnte.

„Fauliger Rattenschwanz, das war knapp", knurrte Pepper. „Lernst du es denn nie?"

Schweigend drückte Ferdinand seinen Kopf wieder auf die Rüstung. „Entschuldögt bötte. Wörd nöcht wöder vorkommen."

„Natürlich nicht, mein Lieber." Genoveva seufzte. „Das sagst du jedes Mal."

„Ruhe!" Lady Greenies Blätterkleid bebte vor Anspannung. „Seht doch, was in der magischen Welt passiert!"

Vom gletscherblauen Bach her erklang Kanonendonner, dann tauchte ein kniehohes Piratenschiff auf. In unmittelbarer Nähe von Königin Pomeranza hielt es an und ein kolossal dicker Piratenkapitän mit einer Augenklappe, einem spitzen Säbel und einem Holzbein tauchte auf. Gefolgt von einer ganzen Mannschaft Piraten.

„Kapitän Krummsäbel“, rief Hugo. „Schön, dich zu sehen.“

Der Piratenkapitän verbeugte sich. „Meine Königin, erlaubt mir, euch mein Geleit anzubieten. Meine gesamte Mannschaft steht zu euren Diensten. Beim Pottwal, nicht die Zwerge und Kobolde, die gerade geflohen sind, bereiten mir große Sorgen, sondern ...“

Weiter kam Kapitän Krummsäbel nicht, denn der gestiefelte Kater war hinter einem Baum aufgetaucht und hatte sich sofort auf den Boden vor seine Königin geworfen.

„Schreckliche Dinge gehen in der magischen Welt vor, Frau Königin. Unbeschreibliche Dinge. Dinge, die es auch in der Geschichte vom Dornröschen gibt und die auf einem bösen Zauber beruhen. Ihr müsst es euch ansehen.“

„Genau das wollte ich gerade sagen, du vorlautes Kätzchen“, brummte Kapitän Krummsäbel den gestiefelten Kater an. „Steigt auf mein Schiff, Königin, die Wellen bringen uns zum Tor der magischen Welt.“

„Ich folge auf meinem flotten Rentier“, rief Prinz Alvar.

Mo hob seine Hände wie einen Trichter an den Mund. „Der Rest kann mit mir auf dem Teppich reisen.“

Als er merkte, dass sich nicht nur Becky, Hugo, Ben, Watson und Lotti auf den Teppich drängten, sondern auch der gestiefelte Kater und die Raupe mit der Lampe, wurde es ihm kurz angst und bange. Aber dann schaffte Mo es doch, den Teppich in die Luft zu bugsieren und wenig später am Tor zur magischen Welt zu landen.

Königin Pomeranza und Prinz Alvar hatten bereits die Pforte zur magischen Welt geöffnet und standen Hand in Hand vor dem Torbogen. Die Piraten warteten in respektvoller Entfernung.

Becky hüpfte vom Teppich, Hugo, Watson, Lotti und Ben folgten. Neugierig stellten sie sich hinter die Königin und den Prinzen und spähten in die magische Welt.

Im Bücherschloss beobachteten Genoveva, Ferdinand, Pepper und die Buxies unterdessen die Szene.

„O nein!" Genovevas Haut war noch bleicher als sonst, sie wirkte beinahe durchsichtig. Und dies war nur der Fall, wenn sie in höchstem Maße schockiert war. Sie wandte sich an Glimmeria. „Siehst du, was ich sehe? Ich nehme an, als Fee ist es dein Spezialgebiet."

Glimmeria nahm die Kristallkugel in die Hände und hielt sie ganz nah vor ihr Gesicht. Ihre Augen verdunkelten sich. „Diesen Zustand kenne ich natürlich aus Geschichten, die zu meiner Abteilung gehören. Ganz besonders heftig hat es dereinst das Dornröschen und das Reich ihres Vaters getroffen. Kein Zweifel, da ist dunkle Magie im Spiel und wir alle wissen, wer dafür verantwortlich war. Und wenn ihr es nicht mehr wisst, dann lest es nach. Lest die Geschichte von Dornröschen nach und findet heraus, wer einen Fluch über sie gesprochen hat. O weh!"

Pepper sah in die Runde. „Meine lieben Freunde, die magische Welt liegt in einem hundertjährigen Schlaf. Der verhängnisvolle Pakt ist längst nicht aufgelöst. Wir müssen auf der Hut sein! Unsere Geschichte ist noch nicht zu Ende!"